Michael Fiegle

Carola Henning in
„Wer spricht denn hier von Mord?"

Der Mühlhausen-Krimi

Bibliografische Information der Deutschen Nationalbibliothek:
Die Deutsche Nationalbibliothek verzeichnet diese Publikation
In der Deutschen Nationalbibliografie; detaillierte bibliografische
Daten sind im Internet über http://dnb.dnb.de abrufbar.

© Michael Fiegle 2020. 3. , verbesserte Auflage
Cover & Coverfotos: Michael Fiegle
Fotomodels: Barbara Erbe, Thomas Döring
(3K-Theater, Mühlhausen)
Herstellung und Verlag:
BoD – Books on Demand, Norderstedt

ISBN: 978-3-750 4952 96

Kapitel 1

Ein fröhliches Liedchen pfeifend bog er auf seinem mattschwarz lackierten Fahrrad von der Hauptstraße links in die Ernst-Abbe-Straße ein. Das Mountain-Bike federte die Löcher im lange nicht erneuerten Granitpflaster elegant ab. Dann ging es auf der schmalen Brücke über den Ölgraben, an der das asphaltierte Stück der Straße begann. Und da kein Auto entgegenkam, hieb er noch mal in die Pedale und raste bis zum Abzweig der Rudolf-Virchow-Straße. Dort bremste er scharf ab und ließ sein Designerfahrrad auf dem schmalen Gehweg auslaufen.

Vor dem Grundstück mit der hohen Fichteneinfassung stellte er es auf den Ständer und schloss das große gusseiserne Tor auf. Die schnurgeraden Fichtenreihen hatte sein Vater dort noch angelegt. Die unteren Äste hatte Alfred nach dessen Tod extra so belassen. So konnte man weder auf das Haus dahinter, noch in den Garten blicken und war ganz für sich. Alfred ließ das Tor hinter sich einrasten und schob sein Rad über den schon etwas uneben gewordenen Betonplattenweg bis zum Haus. Der war ebenfalls von hohen Fichten eingerahmt, die durch ihren Schatten an diesem, für Mitte März viel zu warmen Spätnachmittag für eine angenehme, frische Kühle sorgten. Durch den etwa zwanzig Meter langen Gang aus Fichten war das Haus dahinter gar nicht im Ganzen zu sehen. Er ließ den Blick nur auf die dunkelbraune Tür aus

Eichenholz mit dem Fenster aus Sichtschutzglas frei. Alfred stellte sein Rad an seinem Standplatz im Holzschuppen rechts vom Haus ab und schlenderte an der Rosenrabatte entlang zur Haustür. Die schloss er nach dem Eintreten leise, zog sich Schuhe und Jackett aus und die schwarzen, ergonomischen Hausschlappen an. Aus dem Wohnzimmer drangen Stimmen an ihn heran. Seine Mutter saß dort in ihrem Rollstuhl und schaute sich irgendeine Nachmittagsserie im Fernsehen an.

„Mutti, ich bin wieder da!", rief Alfred und gab ihr einen Kuss auf die faltige linke Wange. „Ich mach uns die Hühnersuppe von gestern warm, ja?", fragte er noch und ging dann nach nebenan in die Küche. Die Suppe wärmte er schnell in der Mikrowelle auf, stellte den Teller auf den weißen Küchentisch und schob dann seine Mutter an die breite Seite. Sie wollte doch hören, was ihr Musterknabe den Tag über auf Arbeit alles erlebt hatte.

„Heute war es wieder schön auf der Arbeit!", erzählte er, während er langsam die Brühe mit dem leckeren Hühnerfleisch und den Hörnchennudeln darin, die er so liebte, löffelte.

„Wir haben heute Mittag den Abschied von Doktor Hasert gefeiert!", sprach er weiter. „Mutti, Du glaubst gar nicht, was der alles aufgefahren hat: Schnittchen mit Lachs und mit Kaviar und flaschenweise Krimsekt! Das war natürlich mit den Frauen ganz witzig. Du hättest mal die Nöllert erleben sollen. Na, das ist doch die Tippse aus Haserts Vorzimmer! Die ist doch immer so adrett gekleidet und ernst! Die hat nach dem zweiten Glas gekichert wie ein Schulmädchen! Und als die von Toilette kam, trug die ihr Haar offen und hatte zwei Knöpfe ihrer Bluse offen. Aber wem erzähl ich das denn? Das kennst Du doch von früher noch von den Frauentagsfeiern im Betrieb, wenn Euch die Kollegen so richtig verwöhnt haben. Ich bin aber früher gegangen. Du weißt ja, ich hab heute noch was vor. Außerdem lass ich Dich nicht gerne warten."

Als Alfred seinen Teller leer gegessen hatte, stand er auf, schob den Stuhl ran, gab seiner Mutter noch einen Kuss und ließ sie in der Küche allein.

„Mutti, ich geh dann mal in den Keller!", verabschiedete er sich.

Kapitel 2

„Brööööm Rööööm Röööööm…" Langsam glitt die Teppichdüse über den bordeauxroten, grob gemusterten Teppichboden und saugte die letzten Staubpartikelchen ein, die sich darin verhakt hatten. Eine glatte, gepflegte Hand, aus der sich die Adern nur leicht empor wölbten, hielt locker den schwarzen Griff des Saugers. Der Zeigefinger war ausgestreckt und bewegte das Rohr langsam vor und zurück. Carola Hennings graublaue Augen richteten sich weniger zum Boden. Ihre Gedanken waren ganz nach innen gerichtet: *Eigentlich ist doch jetzt alles getan*, dachte sie, bückte sich etwas und ließ den Sauger unter das breite Bett gleiten. Sie lächelte: *Ich hatte früher nie Gäste, die über Nacht blieben*, dachte sie weiter. *Aber* Britt*! Die bestand darauf, dass wir auch im neuen Haus ein großzügiges Gästezimmer haben. Und wer braucht es nun als erstes?* Ein Lächeln unter ihrer spitzen Nase verlieh ihr bei diesem Gedanken einen zärtlichen Ausdruck. Sie rollte den schwarzen Leder-Chefsessel beiseite und saugte auch unter dem kleinen Schreibtisch am Fenster. Ihr Blick huschte für einen Moment über die Nachbarhäuser hinweg zu den Bergen des Harzes. Dann saugte sie noch an dem großen Kiefernholz-Schrank entlang und in der Ecke hinter der Tür. „Fertig!", sagte sie und blickte vom Eingang durch das Zimmer. „Ich hoffe bloß, das wird ihr gefallen." Über das Bett hatte sie das Mohnblumen-Triptychon gehängt, das sie in der alten Wohnung bei sich im Schlafzimmer hängen hatte. Kissen und Bettdecke hatte sie mit dem dazu passenden Mohnblumen-Bezug bezogen.

Den Sauger stellte sie im Flur ab und ging die paar Schritte zu sich ins Zimmer, wechselte den friesisch-blauen Hausanzug gegen Blue-Jeans und karierte Bluse, ratterte die Buchenholz-Treppe hinunter, schlüpfte an der Garderobe in ihre Kitt-farbene Lederjacke und ihre taupe-farbigen Stiefel und legte sich noch einen abstrakt-gemusterten Schal um. Im Sauseschritt ging es dann durch die blaue Haustür und die Natursteintreppe zum Carport hinunter, wo ihr Auto stand.

Das kleine Parkhaus in der Friedrichstraße war wieder einmal rappelvoll. Also stellte Carola Henning ihren dunkelblauen Ford Fokus vor dem backsteinroten Fabrikgebäude gegenüber ab. „Was wollen die da?", raunte Henning. „Zwei Euro, das ist ja doppelt so teuer, wie im Parkhaus!", ärgerte sie sich und gab dem Parkautomaten, was er haben wollte. Ein wenig Zeit hatte sie noch, bis der Zug ankommen sollte. So selten, wie sie am Bahnhof war, nutzte sie diese Minuten, um gemütlich zu schlendern. Eine Gruppe junger Frauen rauchte an der Eingangstür zu einem Nagelstudio und blickte sie abschätzig an. Aus dem Schaufenster des Foto-Geschäfts nebenan drängte sich ein Babybauchbild in ihr Gesichtsfeld. Kleine Mädchen-Portraits in schwarzen, modernen Fotorahmen lächelten sie süß an. Leicht angewidert ging sie daran vorüber. Ein übergroßer Jade-Stein begrüßte seine Gäste an der von Drachen flankierten Pforte zum Thai-Restaurant am Bahnhof. *Komisch, dass ich noch nie auf die Idee gekommen bin, hier essen zu gehen!*, dachte Carola Henning. Gemächlichen Schrittes überquerte sie die Straße, ging an einem handgemalten „Cafè ToGo"-Schild an der Ostseite des Bahnhofsgebäudes zu den Gleisen und langsam zu Gleis 5, wo gleich die Regionalbahn aus Richtung Göttingen einfahren sollte. Ihr Blick schweifte über die für Bahnhofsgelände typische Ödnis aus Gleissträngen, abgestellten, mit irgendwelchen nicht identifizierbaren

Graffiti-Buchstaben besprühte Güterwaggons, ein Meer aus rostigen Masten und Drähten, und grauweiß gestrichene flache Lagerhallen am Horizont. Die Unwirtlichkeit dieses Anblicks ließ plötzlich Zweifel in ihr aufkommen, ob ihre Entscheidung, die sie vor ein paar Monaten getroffen hatte, wirklich richtig war. Aber schließlich wollte sie ihrem kleinen Bruder einen Gefallen tun, den sie ihm schon lange schuldig war. Die Zweifel verflogen wieder. An Gleis 5 warteten bereits drei Leute. Zwei hatten sich in dem kleinen, Mennige-Rot gestrichenen Wartehäuschen untergestellt. Hennings Blick heftete sich gezwungenermaßen an den etwas unförmigen Wasserturmpilz der Harzer Schmalspurbahn. Ein wenig fühlte sie sich in alte Zeiten versetzt, als es noch ganz normal war, auf irgendetwas warten zu müssen. Warten in der Schlange vor der Kaufhalle, warten, bis der bestellte Trabant abgeholt werden konnte, oder eben gemeinsam mit vielen Mitbürgern warten, bis der Zug einfuhr. Dass man vor dem Haus ins eigene Auto stieg und losfuhr, wohin man wollte, war alles andere als selbstverständlich. Nervös blickte Carola Henning auf die runde Bahnhofsuhr. Deren großer Zeiger wollte und wollte keinen Ruck vorwärts machen. Endlich die ersehnte Bahnhofsdurchsage: „Vorsicht an Gleis 5, es hat Einfahrt die Regionalbahn aus Göttingen, fahrplanmäßige Ankunftszeit 15 Uhr 15, Vorsicht am Bahnsteig, der Zug endet hier!", krächzte eine schnodderige Frauenstimme aus dem grauen Lautsprechertrichter. Ein kurzer Schauer durchfuhr Carola

Henning, als der Mars-rote Triebwagen plötzlich fast lautlos an ihr vorüberglitt und erst kurz vor dem grün bepinselten Prellbock sanft abbremste. Sie hatte sich auf Geratter und das Nerv-tötende Kreischen der Bremsen eingestellt und staunte: Die Bahn war voller Leute. Die einen hasteten mit bepackten Tragetaschen an ihr vorbei, andere zogen Trolly-Koffer hinter sich her, eine alte Frau schaute ihr zweifelnd ins Gesicht, ein junger Mann war in sein Smartphone vertieft und rempelte sie im Vorbeigehen an. „Können Sie nicht...", blaffte Carola Henning ihn schon an, da hörte sie hinter sich eine lebhafte Mädchenstimme rufen: „Tantchen!" Sie drehte sich um und blickte erst einmal auf den Deckel eines übermannshohen orangen Tramper-Rucksacks. Ihr Blick rutschte dann einen Kopf weiter runter und traf auf zwei glasige dunkle Rehaugen zwischen schulterlangem glattem Haar. Sie konnte noch „Carolin?" fragen, da stützte sich das quirlige Mädchen auch schon auf ihre Schultern. „Schmatz" links, „Schmatz" rechts fühlten sich Carola Hennings Wangen auf einmal ungewohnt feucht an. Die schwere, fleischrote Reisetasche, die Carola Henning bisher übersehen hatte, hatte ihren Platz schon auf ihrer rechten Stiefelspitze gefunden. Sie nahm das als Aufforderung, sich der Tasche anzunehmen. Carola Henning war so verblüfft, dass sie keine Worte fand. Beide Frauen begannen nebeneinander her vom Zug fortzugehen. „Mensch, Tantchen!", begeisterte sich Carolin. „Das war vielleicht ein Gezockel jetzt zum Schluss! Vier Stunden von Freiburg bis Göttingen, ich dachte, ich fliege. Und nun anderthalb Stunden für die paar Kilometer hierher! Das ist ja wohl immer noch der krasse Osten! Als ich an diesen Bergbauhalden vorbei kam, dachte ich schon, ich wäre irgendwo in Sibirien gelandet! Haben bloß noch irgendwelche Wachleute gefehlt mit bissigen Hunden, als Begrüßungs-Komitee am Bahnsteig." Carolin zwinkerte ihrer Tante schelmisch zu. „Gut siehst Du aus, gar nicht wie Osten", lobte sie den modischen Look ihrer Tante. Carola Henning blieb vor der Bahnhofspforte stehen: „Hast Du Hunger, möchtest Du etwas trinken?", kam es plötzlich aus ihr heraus. „Ach, Tantchen, das ist lieb, aber ich hab sogar noch etwas von meinem Sauerkrautsaft übrig! Magst Du mal probieren?" Carola Henning blickte fürsorglich an ihrer kleinen Nichte herab, die da mit leicht pausbäckigen Wangen und normal geformten Rundungen nun vor ihr stand. *Nein, ein Hungerrippchen scheint sie tatsächlich nicht zu sein*, dachte sie bei sich. „*Ganz die Mutter!*" Und zu Carolin: „Ich meinte nur, weil im Bahnhof ist ein Bäcker, ich hätte Dich sonst dort auf einen Kaffee eingeladen." – „Ich trinke gar keinen Kaffee, hat Dir Papa das nicht gesagt? Mir kannst Du mit einem Kräutertee eine Freude machen. Aber nicht gekauft! Da sind dann noch mehr Schadstoffe drin als anderswo. Die Kräuter müssen schon selbst gesammelt sein, oder aus dem Garten." Carola Henning stockte der Atem: *Das kann ja heiter werden.*

Kapitel 3

„Ding Dong!" – „Mutti das ist bestimmt die Post, ich gehe", rief Alfred in Richtung Küche und lief die letzten Stufen der Treppe hinab, in den Flur und zur Haustür. Draußen stand tatsächlich die kleine, sommersprossige Paketbotin von der Post mit einem kleinen Paket unter dem Arm. „Die Liesel von der Post", sprach er die junge Frau an. Die blickte ihn ungerührt an, hielt ihm ihr Registriergerät vor die Nase und wartete auf die Unterschrift. „Ja, ja, ich weiß, die Unterschrift noch", säuselte Alfred, und „Auf Wiedersehen!" - „Wiedersehen!", raunte die Postfrau noch und spurtete an den Fichten zu ihrem Transporter zurück. Alfred schloss die Haustür hinter sich und öffnete voller Erwartung noch in der Diele das flache, rechteckige Paket. „Mist, jetzt hab ich mir auch noch den Daumennagel eingerissen." Alfred ging in die Küche: „Mutti, ich brauch mal Deine Küchenschere!" Alfred nahm die Schere aus der obersten Schublade und schnitt die Verklebungen des Pakets vorsichtig auf, hob den Deckel ab und hatte dann erst einmal eine große Plastiktüte in der Hand, aus der etwas schwarz hindurch schimmerte. „Ich geh mal nach oben, Mutti", flüsterte er ihr im Vorbeigehen zu. Seine Vorfreude konnte er dabei kaum verbergen. - Zehn Minuten später war er wieder bei Mutti unten: „Tatatataa! Nun schau Dir das an, Mutti. Mein nagelneuer

Karateanzug und er passt, wie angegossen." Alfred stand barfuß und in den rabenschwarzen Anzug eines Ninja-Kämpfers gekleidet vor seiner Mutter. Durch die Maske waren nur seine dunklen Brauen unter den ebenso dunklen Augen zu sehen. An seiner Mimik war aber zu erkennen, dass er alles andere als grimmig, wie ein Ninja-Kämpfer war. Seine Augen strahlten vor Glück und er tänzelte vor seiner Mutter herum, machte Karateschritte und Kantenschläge mit den Händen, drückte seiner Mutter wieder einen Kuss auf die Wange und verschwand erneut in seinem Zimmer.

Kapitel 4

„Grrrg, Klack." Die Haustür war nicht abgeschlossen. Eine langhaarige Blonde schob sie langsam mit zwei Einkaufstüten und einem leisen Wischgeräusch der Bürstenleiste nach innen auf. Ihr Blick fiel gleich leicht erstaunt auf die schwarze, grob gewebte Kapuzenjacke an der Garderobe, die sie noch nie gesehen hatte. Sie stellte ihre Taschen in der Diele ab, band sich ihr Tuch vom Hals, streifte sich den beige-farbigen Regenmantel ab und hing ihn mit einem Bügel an einen der noch freien Garderobenhaken. Um die Reißverschlüsse ihrer Stiefel herunterzuziehen, musste sie sich etwas bücken. Die fanden dann ihren Platz auf der Fußmatte neben einem

Paar imprägnierter Canvas-Boots, die sie auch noch nicht kannte. Die Blonde öffnete nun auch die Glastür zum Wohnzimmer, ein Schwall Essensduft kam ihr entgegen und Carola Henning mit Kochhandschuhen an jeder Hand. „Hallo Britt!", rief sie der Blonden entgegen. „Du kommst gerade recht, ich hab gerade den Auflauf aus dem Herd genommen!" Beide gaben sich zur Begrüßung Küsschen auf die Wangen. Mit einem kurzen Seitenblick auf den Esstisch sah Britt, dass dort schon für Drei gedeckt war. „Ich war nach dem Dienst noch ein wenig Einkaufen, sonst hätte ich beim Kochen geholfen", entschuldigte sie sich und bog erst einmal ins Gästeklo ab. „Ich wasch mir mal die Hände."

Als sie wieder rauskam, saß da schon ein schwarzhaariges Mädchen und blickte auf die dampfende Auflaufform. „Hallo, Du bist bestimmt Carolin!" Britt bückte sich zu ihr, gab ihr auch Begrüßungsküsschen und freute sich über das glückliche Lächeln, das sie damit in Carolins Gesicht hervorrief. Die legte eine Hand an Britts Hüfte und schaute ihr in die müden Augen. „Hallo, Du kannst Caro zu mir sagen!" – „Wie groß ist euer Hunger?" Carola stand jetzt mit einem Pfannenheber am Esstisch und begann den Auflauf aufzuteilen. „Mir kannst Du ein großes Stück geben, ich bin heute wieder nicht zum Mittagessen gekommen!", sagte Britt. „Mir reicht ein kleines", meinte Carolin. Nachdem jede ein Stück Auflauf vor sich stehen hatte, griff Carola Henning zur Flasche und nach einem lauten „Plopp" perlte halbtrockener, weißer

Sekt in die bereitgestellten tschechischen Bleikristallkelche. „Zur Feier des Tages!", betonte Carola Henning mit einem ebenso feierlichen Ausdruck im Gesicht und die drei Frauen stießen in der Mitte des Tisches an. „Auf Caro!", sagten Britt und Carolin, wie aus einem Munde. Dann setzten sich alle drei wieder und machten sich über ihr Abendessen her, das schon nicht mehr so stark dampfte. „Mmh, was ist das denn?", begeisterte sich Britt mit dem ersten Bissen. Fragend schaute sie auf das gelbrote Etwas auf ihrem Teller. „Das ist eine Lasagne", jubelte Carolin. – „Das ist doch keine Lasagne, da ist doch gar kein Hackfleisch drin, das seh ich auf den ersten Blick", bezweifelte Britt. „Und Nudelplatten sind das auch nicht." Carolin blickte Hilfe suchend zu ihrer Tante, die nun eine Erklärung schuldig war. „Nein, das ist mit Räuchertofu und Polenta-Platten", erklärte Carola Henning, als wäre es das Normalste der Welt. „Carolin ist Veganerin. Wir waren nach dem Abholen auch noch mal Einkaufen, beim AD-Markt, da gibt es diesen ganzen Kram schon. Komm Britt, Dir schmeckt's doch und wolltest Du nicht auch schon immer auf gesündere Ernährung umstellen?" Britt fühlte sich etwas überrumpelt, aber ein gnädiges Lächeln huschte doch über ihr Gesicht und sie kaute weiter. „Tantchen hat auch fast so reagiert, wie Du, aber dann hat es riesig Spaß gemacht zusammen zu kochen, stimmt's?" Carolin schaute zu Carola Henning hinüber und beide schienen sich schon aufeinander eingeschworen zu haben. Und zu Britt: „Veganes Essen ist ohne Tier, denk doch mal, wie viel Tierleid Du damit verhinderst!", erklärte Carolin mit Feuereifer. – „Also ich geh die Sache lieber vom Geschmack an. Und das, was Ihr hier fabriziert habt, schmeckt ja wirklich spitze!", begeisterte sich Britt, aß weiter und das Thema war vom Tisch. Britt blickte ihre Freundin an: „Zum Glück können wir das Leben genießen, stimmt's Carola? Heute wurde bei uns doch ein junges Mädchen eingeliefert, das hatte Glasscherben geschluckt. Und wer durfte die wieder rausholen aus dem armen Ding, Deine Britt, die Meisterin am Endoskop. Zum Glück waren die Blutungen nicht so schlimm. Ich konnte sie mit dem endoskopischen Eingriff stoppen. Aber bevor das Mädchen bei uns in der Klinik war, wär die fast über die Klinge gesprungen. Der Notarzt, Uli, den kennst Du ja, hat im Sankra gleich abgesaugt. Liebeskummer! Die Kleine wollte nicht mehr leben, weil ihr Freund plötzlich eine andere hatte. Hat zumindest die Mutter erzählt. Die hatte ihr Töchterchen zum Glück rechtzeitig gefunden. Es seien so komische Gurgelgeräusche aus dem Zimmer gekommen, sagte die Mutti. Da kann man nur von Glück reden, dass es Eltern gibt, die auch noch auf ihre jugendlichen Kinder ein wachsames Auge haben, oder?" - „Und ein Ohr!", ergänzte schmunzelnd Carola Henning. - „Wie? Ach so!" Und beide mussten lachen. Carola blinzelte ihr zu: „Zum Glück konntest Du sie retten! Sonst wär die noch mein nächster Fall geworden!" - Britt blickte dann wieder Carolin an. Die hatte mit Spannung ihre Gabel gesenkt und zugehört. „Ja, so sieht's aus bei uns", richtete sie sich an das Mädchen. Und zu Carola: „Und bei Dir beginnt morgen auch wieder der Alltag?" Carola Henning nickte kurz, als wollte sie Britt zu verstehen geben, Carolin nicht gleich mit dem krassen Alltag ihres Klinik-Jobs zu konfrontieren. Carolin verstand das Zögern: „Schon gut Tantchen, schließlich will ich zur Polizei, da muss ich so was ab können. Außerdem, Liebeskummer, ich hab auch ohne Typen voll das Leben und freu mich schon auf Morgen!"

Kapitel 5

„Gnirrk!" Mit leisem Knarren bog sich die Aluminiumklinke der Milchglastür hinunter. Ein kleiner Mittvierziger mit dunkel-blonden kurzen Kräusellocken, Geheimratsecken, leger in Bluejeans und rotweißes Hemd gekleidet, blickte von seinem PC-Bildschirm auf und zur Seite, wo sich die Tür geöffnet hatte. Carola Henning, für den Dienst in schwarzen Midi-Rock, weiße Bluse und dunkelrote Kostümjacke gepackt, darüber noch einen verwaschenen schwarzen und mit Sternen gemusterten Regenmantel, trat in das Büro der kleinen Abteilung für Tötungsdelikte des Nordhäuser Polizeikommissariats.

Sie lächelte ihre Kollegen an. „Morgen Jörg, Morgen Kathrin!" Jetzt blickte auch die brünette Kollegin am hinteren Schreibtisch auf. Hinter ihr kam nun auch Carolin zum Vorschein. Sie dachte, eine strohfarbene Hose mit Mohn-, Kornblumen- und Kamillenblütendruck und ein schwarzes, tief ausgeschnittenes Sweatshirt darüber wären für den Anfang im Kommissariat angebracht. Die Haare hatte sie mit einem breiten Stirnband zusammengebunden, was ihr etwas Indianisches verlieh.

„Ihr ward bestimmt schon auf meine Nichte gespannt, die ab heute ja bei uns reinschnuppert", wandte sich Carola Henning an ihre Mitarbeiter. Carolin kam hinter Carola Henning hervor und streckte Jörg Schmiedeknecht ihre Hand entgegen. „Hallo, ich bin Carolin!" – „Hallo, Hans-Jörg", kam es etwas schroff zurück und Schmiedeknecht wandte seinen Blick wieder der Arbeit auf dem Bildschirm zu. Carola Henning ging mit Carolin weiter. „Ich hab ihr erst einmal alles gezeigt hier", wandte sie sich an Kathrin Bauer. „Die Formalitäten mussten wir auch noch erledigen", erklärte sie ihr späteres Kommen. Kathrin lächelte Carolin an: „Hallo, ich bin Kathrin. Schönen Anfang bei uns!" Beide gaben sich die Hand und Carolin lächelte zurück. „Carolin ist sich noch nicht ganz sicher, ob sie unsere Laufbahn einschlagen oder vielleicht doch lieber Jura studieren soll", erklärte Carola Henning. – „Na dann sammel hier mal Deine ersten Erfahrungen. Arg viel anders ist unser Beruf auch nicht, außer, dass wir eine Knarre haben und körperlich fit sein müssen." Mit dem rechten Zeigefinder zog sie das rechte Augenlid etwas herunter und blickte vielsagend zu Carola Henning: „Und Staatsanwalt Jannings wird es eine Ehre sein, Dich auch in seinen Arbeitsbereich einzuführen, wenn er hört, dass Du Dich für Jura interessierst. Mal sehen, wer die besseren Argumente hat." Wieder lächelte sie Carolin an: „Dort steht Kaffee, ich hab gerade eine Kanne frisch aufgebrüht! Hast Du Dir eine Tasse mitgebracht?" – „Ja, hier!" Carolin zog einen großen, getöpferten Humpen mit einem lächelnden Mädchen darauf aus ihrer bunt gemusterten Jutetasche, die sie in der Hand dabei hatte. „Hat mir eine Freundin geschenkt." Carolin deutete auf das Mädchen und den eigenartigen Hut, den es auf hatte. „Das sind übrigens Bollen. Ich komme ja sozusagen aus dem Schwarzwald." – Kathrin Bauer musste prustend auflachen. „Entschuldige, bitte!", sagte sie zu Carolin. Die musste dabei aber mitlachen. Carola Henning legte ihre rechte Hand auf Carolins Rücken und drückte sie sanft durch die offene Verbindungstür in ihr Büro. „Und mein Tee?", fragte Carolin und zog noch eine Papiertüte mit der Kräuterteemischung aus ihrer Tasche. – „Ich hab Dir draußen doch schon unsere kleine Küche gezeigt!" – Carolin verschwand durch die zweite Tür in den Gang. Als sie ein paar Minuten später mit einer Glaskanne mit honigbraunem, schimmerndem Inhalt und ihrer Schwarzwaldmädel-Tasse wieder hereinkam, saß ihre Tante, wie die anderen Kommissare, in die Arbeit am Bildschirm vertieft da. Im Zimmer stand nun jedoch auch ein vierrädriges Wägelchen mit blassrosa Akten. „Wir haben ja momentan keinen aktuellen Fall zu bearbeiten und können nun ungelöste Fälle aus der Vergangenheit noch einmal unter die Lupe nehmen. Für Dich ist jetzt kein eigener Bildschirmarbeitsplatz da. Deshalb hab ich Dir aus dem Archiv mal ein paar Akten zukommen lassen." Carola Henning zeigte auf das Wägelchen. „Okay!" antwortete Carolin und schob es an den freien Arbeitsplatz am Fenster. „Ich denk, dort kann ich mich nun breit machen!?" Carola Henning nickte nur kurz. Carolin setzte sich auf den Armlehnen-losen Büro-Drehstuhl und holte sich eine der dicken Akten mit der Aufschrift 12/1993 „Postbotenmord bei Bruchstedt" heraus. Sie schlug die Akte auf wie einst der kleine Bastian Michael Endes „Unendliche Geschichte" und begann leise murmelnd zu lesen: *„Paketbote, ... zu Dienstende, ... an altem Bahndamm abgestellt, ... von hinten erschlagen, als er am offenen Wagen stand, ... harter Gegenstand, ... Silberlackspuren..."*

Drei Stunden später im Besprechungsraum.
„Ich möchte Euch bitten, zu den Fällen einen weiteren Zwischenstand vorzutragen. Wer hat Anhaltspunkte für die Wiederaufnahme der Ermittlungen gefunden?", fragte Carola Henning in die kleine Runde. Ihr Blick traf dabei nur auf müde Augen ihrer Kollegen, die beide erst einmal einen Schluck Nordhäuser Spezialröstung aus ihren Tassen schlürften. Carolin hatte sich ihren Kräutertee noch einmal aufgewärmt und eine Schwarzwaldmädeltasse voll damit zur Besprechung mitgebracht. Während die beiden Kommissare Notizzettel vor sich hatten, sah man vor

Carolin nur ihr Smartphone liegen. Sie lächelte verlegen und wartete darauf, was nun passieren würde.

„Also, wir drei hatten uns ja den „Fall Marlene" noch einmal vorgenommen, der von uns vor zwei Jahren nicht zufriedenstellend zum Abschluss gebracht werden konnte", begann Carola Henning. „Ich fasse den Fall noch einmal zusammen: Frank Wolter wird erstochen im Haus Spiegelsgasse 37 aufgefunden. Verdächtigt wird der in Leipzig gemeldete Lucio Fabiano. Der gesteht nur den Einbruch und die Sachbeschädigung in Wolters Haus und wird dafür für zweieinhalb Jahre hinter Gitter gebracht. Verschwunden sind weiterhin Wolters Frau Jutta und diese Marlene, die mit Wolter in Mühlhausen offenbar zusammenlebte. Zumindest haben wir Spuren in der Spiegelsgasse 37 und in Wolters Jagdhütte im Hainich gefunden. Befragungen im Umfeld des Auffindeortes von Jutta Wolters Wagen in Bad Soden durch die hessischen Kollegen führten ebenso ins Leere, wie die mühsame Durchsicht der Passagierlisten des Rhein-Main-Flughafens im in Frage kommenden Zeitraum. Wir können froh sein, dass wir in diese Arbeit nicht involviert waren, liebe Kollegen. Auch die Nachsuche im Umfeld der Jagdhütte erbrachte leider keine Spur der Jutta Wolter. Hinweise auf die Fahrtroute konnten von uns nicht erbracht werden, trotz eines Zeugen-Aufrufs im *Thüringer Generalanzeiger*."

„Also ich würde mir ja gern noch mal diesen Fabiano vornehmen", preschte Jörg Schmiedeknecht vor. „Der kommt doch jetzt bald frei, woran ihm meines Wissens gar nicht viel gelegen war. Wenn der immer noch Angst vor seinen Mafiabossen hat, brauchen wir ihm bloß damit drohen, wenn er nicht mit uns kooperiert. Ich war mir damals schon so sicher, dass der mehr weiß, als er uns erzählte!" – „Ja, Jörg, das wäre ein Ansatzpunkt. Da müssen Staatsanwaltschaft und Gefängnisleitung aber mitspielen. Und natürlich Fabianos Anwalt. Das war kein geringerer als dieser Staranwalt Christopher Linke, wenn ich erinnern darf. Der geht doch gleich wieder zum Innenminister, wenn er seine Mandanten bedroht sieht." – „Das glaub ich nicht", meldete sich nun Kathrin Bauer. „Die politischen Verhältnisse haben sich doch verändert. Ich kann mir nicht vorstellen, dass Linke auch Beziehungen zur Linken hat. Als CDU-Kreistagsabgeordneter fürchtet er die doch schon wie der Teufel das Weihwasser." – „Dann wäre Jörgs Idee ein guter Ansatzpunkt", schloss Carola Henning. Jörg Schmiedeknecht fühlte sich bestätigt und nickte leicht mit dem Kopf. Dann trat erst einmal eine Pause ein.

„Darf ich jetzt auch was sagen?" Drei konzentrierte Augenpaare blickten nun Carolin an, die mit ausgestrecktem Zeigefinger ihre Hand gehoben hatte. „Beim Postbotenmord in Bruchstedt ist mir was aufgefallen: Ich hab in der Akte überhaupt nicht viel zum Opfer gelesen!", regte sie sich auf. „Dabei wäre doch gerade das interessant. Ich meine, was das für ein Typ war, dieser Postbote. Ganz Bruchstedt wurde verdächtigt und jeder dort verhört, als ob das ein Ort voller Verbrecher wäre. Aber habt ihr euch schon mal überlegt, dass der Täter vielleicht im Umfeld des Opfers zu finden sein könnte? Ich hab mir die Fotos von der Kopfverletzung angeschaut. Nach einer Eisenstange, wie das der Pathologe vermutet, sah das nicht aus. Und dann diese kleinen silbernen Lackflitter! Und die Wunde so eckig!? Soll ich Euch mal was sagen: Ich hab doch bei den Schulschwimmmeisterschaften im 100-Meter-Brustschwimmen den dritten Platz belegt. Und wisst ihr was: Der Fuß von meinem Pokal sah genauso aus wie diese Kopfverletzung! Reimt sich da bei Euch nicht auch etwas zusammen? Vielleicht war der Postbote ja Taubenzüchter, oder so, und ein eifersüchtiger Konkurrent… . Oder war es vielleicht seine Frau? Vielleicht fehlt ja im Pokalschrank bei dem Zuhause einer, oder einer hat Blutspuren!" - Carolin kam immer mehr in Fahrt und die drei Kommissare schauten nur noch verdutzt zu ihr herüber, die jetzt einen großen Schluck aus ihrer Schwarzwaldmädeltasse nahm. Jörg Schmiedeknecht klappte sogar die Kinnlade etwas nach unten. Ein Lächeln bildete sich in Carola Hennings Gesicht: „Prima!", begann sie zu resümieren.

„Düdelüdelüd, düdelüdelüd…!", klingelte in dem Moment das metallic-graue Telefon neben Carola Henning und sie hob ab. „Ja, Henning am Apparat?" Und zu den Kollegen flüsternd: „Die Einsatzzentrale!" Wieder in den Hörer: „Ja…, jaah? … wir machen uns sofort auf, danke!"

„Jörg, am Mühlhäuser Stadtwald wurde ein Toter gefunden!", überschlug sich nun Carola Henning und las gleich im Blick ihres Mitarbeiters: „Ja, schon wieder Mühlhäuser Stadtwald, irgendetwas scheint der an sich zu haben!" Carola Henning und Jörg Schmiedeknecht standen gleichzeitig auf. „Kathrin, Du räumst hier bitte noch zusammen, wir brauchen Dich dann auf Station hier. Carolin, Du kommst natürlich mit, jetzt wird's ernst!", ereiferte sich Carola Henning. „Und vergiss Dein neues Dienst-Handy nicht!"

Kapitel 6

An der Holzecke, vor dem Abzweig der Bundesstraße, hatte sich ein Stau gebildet. Der Gegenverkehr zeigte keine Lücke, Linksabbieger verhinderten die Weiterfahrt. Jörg Schmiedeknecht machte der Sache kurzen Prozess. Er ließ die Seitenscheibe runter, pflanzte das mobile Blaulicht auf den weißen Audi A6 und schaltete das Martinshorn ein. Ein Lkw im Gegenverkehr bremste geistesgegenwärtig abrupt ab und auf der linken Fahrbahn entstand eine Gasse. Schmiedeknecht scherte aus, gab Gas und ließ die ganze Autoschlange rechts stehen. Das war genau nach seinem Geschmack. Mit Karacho jagte er die Straße am Stadtwald entlang, stoppte aber jählings, als die Schlaglochpiste begann. Carolin auf dem Rücksitz hüpfte leicht in die

Höhe. „Fährst Du immer so?", fragte sie in den Raum, erhielt aber keine Antwort. Die Sonne legte bereits den Schatten der Waldbäume über die Straße, flutete aber Mühlhausen unten im Tal noch in helles Licht. Carolin begann zu träumen, ihr Blick schweifte über die Landschaft bis hin zu den Fahnerschen Höhen am Horizont: *Wow, was für ein schöner Ausblick.* Und dann: *Nanu, diese hübschen Fachwerkhäuser hätte ich hier oben nicht erwartet.* Und als sie an einer Rinderweide vorbei fuhren: *Hihi, was sind das für urige Viecher, können die überhaupt was sehen mit diesen Zotteln?*

Ihre Gedanken wurden jäh gestört, als Jörg Schmiedeknecht scharf auf den Parkplatz am Weißen Haus einbog, so dass sie an die rechte Wagenseite gedrückt wurde, und neben einem Polizeiwagen und einem weißen VW-Transporter auf dem grauen Splitt knirschend abbremste. Die Kommissare stiegen aus, klappten die Hecktür hoch und versorgten sich im Kofferraum mit Tütchen, Einmalhandschuhen und Schuhüberziehern. Carola Henning reichte Carolin auch ein Paar der blauen Überzieher rüber. „Die ziehst Du bitte über die Schuhe, sobald wir das Absperrband überschritten haben. Und Du fasst bitte nichts an, das ist hier unsere Sache. Und die der Kriminaltechniker." Carolin bekam noch eine Aufnahmekladde in die Hand gedrückt, zockelte dann hinter den beiden Kommissaren her, zog sich am rot-weißen Absperrband, das um den gesamten Kinderspielplatz gezogen war, brav die Überzieher über ihre grauen Schnürstiefel und ließ den Blick über das Gelände schweifen. Die alten Bäume waren ihr als erstes aufgefallen, dann die Spielgeräte im grünen Rasen, der nun zum Teil schon im Schatten lag. *Hoffentlich kein Kind*, rumorte es in ihr. Da kamen ihnen auch schon zwei Uniformierte entgegen.

„Die Kollegen Zöllner und Zimmermann. Man könnte meinen, das wäre Ihr Revier hier", scherzte Carola Henning. Die beiden Polizisten führten die Nordhäuser Kommissare ein paar Meter in den Wald hinein, Carolin spazierte hinterher. Im Schatten einiger dunkler Nadelbäume waren bereits eine Frau und zwei Männer in weißen Einmal-Overalls zu sehen. Ein Mann machte mit einer protzigen Kamera mit riesigem Diffusor-Aufsatz Fotos von etwas, das Carolin noch nicht erkennen konnte. Eine Frau, deren blondes, langes Haar ein wenig unter der Kapuze hervorquoll, kniete daneben und sprach in ihr Handy. Dasselbe tat ein hoch aufgeschossener Mann mit Brille, der ihr gegenüber kniete. Die beiden Wachtmeister waren an einem Podest aus Beton stehen geblieben, die Dreiergruppe näherte sich vorsichtig den Kriminaltechnikern, die hinter dem Podest mit ihrer Tatortaufnahme beschäftigt waren und den Dreien zur Begrüßung kurz zunickten. In dem Moment sah Carolin die Leiche hinter dem Podest ausgestreckt liegen und erstarrte vor Schreck zur Salzsäule. „Scheiße!", sagte sie halblaut und klammerte sich an ihre Kladde. „Was ist denn das für ne Type?" Sie blickte in das blutleere Gesicht eines etwa ein Meter neunzig großen Mannes. Die dunklen Augen unter den buschigen Augenbrauen waren starr nach vorne ausgerichtet und blickten erschrocken ins Leere. Der Mann hatte kurzes, schwarzes, glatt gekämmtes Haar mit leichtem Ansatz von Grau, seine schmalen Lippen waren leicht geöffnet. Seine knollige Nase war nach unten gedrückt und hatte einen unübersehbaren Höcker. „Ein Boxer, oder was?", schoss es Carolin in den Sinn. An der linken Seite seines Halses war ein blutverkrusteter langer Schnitt zu sehen. Sein Kopf lag in einer großen, verkrusteten Blutlache, auf dem schwarzen Mantel waren jedoch nur ein paar Spritzer zu sehen. Auch auf dem Podest sah Carolin nun Blutspritzer. Ganz dumpf hörte sie von dem Gespräch der Kommissare nur noch: „Zellweger … Erfurt … 20 bis 24 Stunden … wir wissen noch nicht wer …". Dann vernebelte sich Carolins Blick plötzlich, ihr wurde schwarz vor Augen und sie spürte nur, wie sie in den Knien einknickte und ihr Kopf dann hart auf den Beton krachte.

„Carolin!", erschrak Carola Henning und sprang zu ihrer Nichte. - „Ich kann jetzt hier nicht weg, Frau Henning", rief Dr. Zellweger. „Tragen Sie das Mädchen da rüber und Beine hoch lagern!" Dr. Zellweger deutete auf eine Sitzbank in der Nähe des Klettergerüsts. – „Zimmermann, Zöllner, packen Sie doch mal mit an!", bat Carola Henning um Hilfe. Zu dritt trugen die drei Polizisten die schlappe Carolin zu dieser Holzbank. Carola Henning zog ihre Jacke aus, lagerte Carolin mit dem

Oberkörper darauf, legte die Beine auf die Sitzfläche der Bank und setzte sich daneben. – „Danke, meine Herren!", wandte sie sich an die beiden Polizeibeamten. Die machten sich wieder an den Rand des Absperrbandes, um eventuelle Gaffer abzuweisen.

Hans-Jörg Schmiedeknecht kam vom Tatort zurück und stellte sich zu Carola Henning und Carolin an die Bank. „Das war wohl etwas viel für unsere kleine Ermittlerin", feixte er. - „So viel ist klar", begann Carola Henning zusammenzufassen. „Fundort ist Tatort, die Art der Blutspritzer auf dem Betonpodest weist darauf hin. Der Tote muss rücklings über die Kante gestürzt und dort gleich regungslos liegen geblieben sein. Wir müssen mal Zellwegers Gutachten abwarten. Ich gehe zwar davon aus, dass der Tote verblutet ist, aber Genickbruch käme auch in Frage." – „Der Schnitt ist ganz schön kurz und tief", bemerkte Schmiedeknecht. „Da muss sich einer mit Anatomie besonders gut ausgekannt haben." –

„Ich möchte wetten, der hatte einen Degen oder so was", sprudelte nun Carolin wieder los. Keiner hatte bemerkt, dass sie die Augen wieder geöffnet und dem Gespräch zugehört hatte. „Oh, Leute, das war echt ein bisschen zu viel. Erst die Visage von diesem Typen und dann diese Blutlache. Ich glaub, ich hab noch nie so viel Blut auf einmal gesehen." – Carola Henning lächelte ihre Nichte an, die immer noch ganz blass im Gesicht war. – „Jörg, geh doch mal bitte zu Zellweger rüber und frag den, ob er nicht schon fertig ist. Der soll sich doch mal um

Carolin kümmern. Oder wenigstens mal ein Blutdruck-Messgerät rausrücken." Und zu Zimmermann, der von den beiden Streifenpolizisten am nächsten stand: „Zimmermann, haben Sie sich die Adresse von der Frau aufgeschrieben, die den Toten gefunden hat?" – „Nein, die hat Zöllner", bekam sie zur Antwort. Und zu Zöllner, der gerade am Info-Pavillon vor dem Weißen Haus stand und sich mit einer Neugierigen unterhielt: „Rainer, komm doch mal zur Einsatzleitung!" Man sah nun aus der Ferne an Hand der Gestik, wie sich Polizeiobermeister Zöllner bei der älteren Dame am Absperrband entschuldigte und sich in Richtung auf das Klettergerüst aufmachte.

„Frau Hauptkommissarin?" fragte er. – „Hier, das Blutdruckgerät aus Zellwegers Tasche", mischte sich Jörg Schmiedeknecht ein, der wieder zurück war. - „Eins nach dem anderen", antwortete Carola Henning. Sie kniete sich zu Carolin herunter, schob den rechten Ärmel ihrer Kapuzenjacke hoch und legte das Gerät an. Der POM erahnte, was seine Chefin von ihm wollte: „Wir haben die Zeugin nach Hause geschickt, damit die hier nicht so lange warten muss. Sie hat die Leiche beim Joggen entdeckt und uns dann gleich benachrichtigt." – „Danke Zöllner. Und was die Leiche betrifft: Schauen Sie doch bitte mal im Info-System, ob nicht schon eine Vermisstenmeldung eingegangen ist. Haben wir eigentlich von dem Toten die Fingerabdrücke?" – „Ich hatte die Kollegen angewiesen, uns gleich zurück zu rufen, wenn sie etwas über den Toten wissen." – „Und die Abdrücke?" – „Daran haben wir noch nicht gedacht!" – „Dann aber flott, Zöllner. Und bitte mit dem Strafregister abgleichen. Und bringen sie doch für meine Nichte noch eine Decke mit."

Zöllner machte sich gleich auf zum Streifenwagen, um den Fingerprint-Scanner und die Wolldecke aus dem Kofferraum zu holen und Carola Henning machte sich an die Blutdruckmessung. – Mit leicht besorgtem Blick verfolgte Carola Henning die Messung. „Schock-Faktor 1,0. Das geht gerade noch. Kindchen, da hast Du mir erst einmal einen Schrecken eingejagt. Aber ich denke, Du kannst Dich erst mal wieder langsam aufrichten und bei mir auf die Bank setzen. Carola Henning reichte ihrer Nichte die rechte Hand und zog sie langsam zu sich hoch. Carolin setzte sich auf die Bank und legte die Beine hoch. Vom Parkplatz kam jetzt POM Zöllner an und legte Carolin die Decke um die Schulter: „Na, junge Dame, geht es schon besser?" Und zu Carola Henning: „Chef, Sie werden es nicht glauben, aber wir haben den im System." – „Na, dann schießen Sie mal los!" – „Die Fingerabdrücke passen zu Herbert Kleinschmidt. Der war angeklagt, weil er die Tochter seiner Schwägerin sexuell missbraucht haben soll."

Nun war es Carola Henning, die leicht schockiert schien. „Nicht zu fassen!", brachte sie ihr Staunen zum Ausdruck. „Haben wir da auch eine Adresse?" – „Rebenweg 49, hier in Mühlhausen." In dem Moment kamen zwei weitere Kollegen mit einem Zinksarg hinter der Sitzbank vorbei. „Zöllner, bleiben Sie bitte mal bei meiner Nichte, ich muss mir anschauen, wie die den Toten umbetten." Carola Henning und Jörg Schmiedeknecht begleiteten die Sargträger in den Wald hinein.

„Frau Henning, geht es Ihrer Nichte schon besser? Sie wissen, dass es in der Situation besser war, dass Sie sich gekümmert haben. Und so schlimm ist es ja nicht, wenn mal eine umfällt. Das hab ich schon oft erlebt. Aber haben Sie auch mal nach ihrem Kopf geschaut? Das Mädchen ist ganz schön hart auf den Beton gekracht. Aber nun zur Leiche: Dieser Mann muss auch gleich umgekippt sein. Sieht so aus, als ob die Halsschlagader direkt getroffen und total durchtrennt wurde und die Blutversorgung des Gehirns damit unmittelbar stoppte. Die Tatwaffe muss sehr scharf gewesen sein, hat eine schmale, glatte Schnittwunde hinterlassen, wie mit dem Skalpell geschnitten. Alles Weitere erbringt die Leichenschau. Ich lasse den Toten nach Erfurt bringen und Sie erhalten dann das Ergebnis."

Die junge Blonde kam nun auch heran und näherte sich mit vorgestreckter Hand Carola Henning. „Hallo Frau Henning, ich habe mich noch gar nicht vorgestellt: Ich bin jetzt neu in der Kriminaltechnik, Sarah Eisenhardt." – „Hallo Frau Eisenhardt", begrüßte sie Carola Henning, zog ihre Einmalhandschuhe aus und gab der Blonden die Hand. Die zog nun ihre Kapuze vom Kopf, aus der nun ihre langen Haare hervorquollen. „Tja, Frau Henning, die Spurenlage ist leider mehr als dürftig", bedauerte sie. „Ich habe Abdrücke von den Fußspuren und den Reifenabdrücken hier auf dem Matschweg gemacht, vielleicht können wir davon ja welche dem Täter zuordnen. Aber dieser Weg wird eben doch relativ stark frequentiert, so dass wir uns da 20 bis 24 Stunden nach dem Todeszeitpunkt nicht zu große Hoffnungen machen sollten. Ganz klar zu identifizieren ist die Finderin der Leiche. Ihre Laufschuhabdrücke waren noch deutlich zu erkennen." – „Was sagt uns, dass sie nicht die Täterin ist?" – „Ich geb Ihnen mal die Adresse", sagte Sarah Eisenhardt und zückte ihr Smartphone, in das sie sich Notizen gemacht hatte. „Bianka Rose, Eichenweg 120, Mühlhausen, hat mir Kollege Zöllner gegeben. Sie ist Lehrerin in der Gemeinschaftsschule Rodeberg. Der Eichenweg scheint gleich hier oben zu sein, zumindest ist die Zeugin dorthin von hier aus zu Fuß gelaufen." –

„Sarah, kommst Du?", rief ein junger Mann mit dunklem Vollbart, der Fotograf, vom Parkplatz herüber. –

„Ich schreib Ihnen noch den detaillierten Bericht, Frau Henning", rief Sarah Eisenhardt schon halb im Gehen. –

„Na, Jörg, dann lass uns mal diese Frau Rose aufsuchen. Übrigens, weißt Du wen ich hier ja ganz dringend vermisse?" – „Den *Thüringer Generalanzeiger*?", kombinierte Schmiedeknecht. - „Genau! Die Jungs vom TG sind doch sonst immer gleich zur Stelle!? Na, da macht sich mal die neue Dienstanweisung bezahlt, dass wir die Presse bei Tötungsdelikten erst nach der Beweisaufnahme am Tatort informieren." –

„In dem Fall lag der Tatort auch zu weit draußen, dass irgendwelche Passanten auf die Idee kamen die Presse zu informieren", folgerte Schmiedeknecht. –

„So Tantchen, ich glaub, mir geht's auch wieder einigermaßen. Ich bin schon auf diese Lehrerin gespannt." Carolin kam den beiden entgegen getaumelt. Das Dreiergespann ging nun in Richtung Auto. „Sie können den Spielplatz wieder frei geben", befahl Carola Henning POM Zöllner, der am Absperrband Wache gehalten hatte. „Aber stecken Sie bitte noch ein Absperrquadrat um den Leichenfundort ab, zur formalen Sicherheit." – „Verstanden, Chef, wir ziehen danach dann auch wieder ab."

Kapitel 7

Mit dem Auto holperten die beiden Kommissare und ihre junge Schnupper-Praktikantin über Katzenkopfpflaster und danach wieder über provisorisch mit grobem Schotter und Fliesenscherben geflickte Schlaglöcher. Immerhin war das neu gebaute Reihenhaus im Eichenweg schnell zu finden. Als eines der wenigen Gebäude an dem in leichtem Zickzack verlaufenden asphaltierten Schotterweg trug es eine große, von weitem schon erkennbare Hausnummer. Hans-Jörg Schmiedeknecht stellte den Wagen auf dem einzigen freien Platz vor den Briefkästen der Wohnanlage ab. Ein tiefes, melodisches „Ding – Dong" war zu hören, als Schmiedeknecht die Klingeltaste von Bianka und Tim Rose drückte. Doch es tat sich nichts. Die drei blieben vor verschlossener Haustür stehen und blickten sich etwas ratlos an. Carolin langweilte sich und schaute sich um. Der Ausblick reichte von dort oben bis ins Unstruttal hinunter, wo die wassergrüne Kirchturmspitze der Marienkirche aus dem Dächergewirr der Mühlhäuser Altstadt herausragte. *Mein Gott, das erinnert mich an Straßburg, genau so sieht das doch aus, wenn man vom Schwarzwald auf das Münster blickt, die grünen Felder und dahinter dunkle Berge*, schwärmte Carolin in Gedanken.

„Ding – Dong" wurde sie aus ihrer Betrachtung gerissen. Schmiedeknecht hatte noch einmal geklingelt.

„Tiim, kannst Du mal aufmachen", hörte man nun eine helle Frauenstimme rufen. Im selben Moment ging auch schon der Summer der Haustür. Das Trio trat ein, Jörg Schmiedeknecht erkannte gegenüber eine, um einen kleinen Spalt geöffnete Wohnungstür und rief: „Frau Rose, hier ist die Kriminalpolizei, dürfen wir eintreten?" Wieder geschah erst einmal nichts und Schmiedeknecht öffnete die Tür mit seinem Schuh, die Kommissare verschafften sich Eintritt und standen erst einmal in der Diele der Wohnung. Und gleich hörte man Schritte auf der Holztreppe, die vom oberen Stockwerk herabführte.

„Oh!" Eine Mittvierzigerin mit leicht ergrautem, langem, dunklem Haar stoppte plötzlich in ihrem Treppenlauf, als sie die drei Personen in ihrer Diele stehen sah. Schmiedeknecht hatte aber schon seine Dienstmarke gezückt, Carola Henning zog ihren Ausweis nun auch aus der Jackentasche: „Kriminalpolizei Nordhausen, sind Sie Frau Rose?" - „Ach so, ja natürlich", antwortete die Frau und ging die letzten Stufen der Treppe auch noch herunter. Carola Henning reichte ihr die Hand: „Ich bin Hauptkommissarin Carola Henning, Mordkommission, mein Kollege Hans-Jörg Schmiedeknecht, Praktikantin Carolin Henning." – „Sie kommen bestimmt wegen des Toten im Wald", folgerte Frau Rose und führte die Polizisten mit einer einladenden Geste in ihr Wohnzimmer.

„Mein Sohn Tim." Der saß auf dem roten Nappaledersofa und es schien ihn nicht zu rühren, dass plötzlich Besuch da war. „Nimm doch mal die Kopfhörer ab", rief ihm seine Mutter zu. Der nahm einen Ohrstöpsel heraus und schaute seine Mutter an. „Geh doch mal bitte hoch, das ist die Kriminalpolizei!" Doch der rührte sich nicht im Geringsten, stöpselte sich wieder an sein Smartphone und blieb im Wohnzimmer sitzen. Carolin lächelte ihn verständnisvoll an und setzte sich neben ihn. Die Kommissare bekamen Stühle am Esstisch zugewiesen, Bianka Rose setzte sich dazu.

„Ja, ich kam heute von der Schule nach Hause und hab mich erst einmal zum Joggen in den Wald aufgemacht. Zum Spittelbrunnen und dann zurück zum Weißen Haus, das ist so meine kleine Laufrunde." Carola Henning und Jörg Schmiedeknecht brauchten gar nicht zu fragen, Bianka Rose sprudelte einfach weiter, als ob sie wüsste, was die Kommissare wissen wollten. „Zum Schluss mache ich normalerweise noch auf dem Spielplatz Gymnastik. Heute waren aber einige Eltern mit ihren Kindern da. Ich fühl mich dann immer so beobachtet dabei, vor allem von den Vätern. Dann stell ich mich im Wald auf dieses Podest und mache dort meine Übungen. Heute war aber alles anders. Erst hab ich diese Blutspritzer gesehen, dann die grausige Leiche von diesem Monster." Bianka Roses Mundwinkel gingen angewidert nach unten.

„Die lag da unterhalb des Podestes, so dass man sie nicht gleich sehen konnte. Ich hab mich vielleicht erschrocken! Aber ich konnte meinen Schrei gerade noch zurückhalten. Wegen der kleinen Kinder, wissen Sie, auf dem Spielplatz nebenan. Die wären doch dann gleich angekommen, um zu gucken. Und den Anblick wollte ich denen ersparen. Ich hab dann gleich bei Ihnen angerufen, na, sie wissen schon, die Notrufnummer 110! Mein Handy habe ich auch beim Laufen immer dabei, in der Gürteltasche. Es kann ja mal was passieren. Und heute eben das mit dem Toten."

Bianka Rose schauderte es bei der Erinnerung an den schrecklichen Leichenfund. Doch sie fuhr tapfer mit ihrer Erzählung fort: „Die Streife kam ja dann auch ziemlich schnell und hat erst einmal den Spielplatz geräumt, die Leute befragt und so." – „Frau Rose, sie kannten das Opfer aber nicht?", schaltete sich Carola Henning ein. – „Seh ich so aus, als ob ich so einen Typen kennen würde?", fragte sie entsetzt. „Aber wenn Sie wissen möchten, ob ich den schon mal gesehen habe: Ja, ich wohne zwar noch nicht lange in Mühlhausen, aber den Typen habe ich schon mal hier am Waldspielplatz gesehen." – „Frau Rose, wir müssen das jetzt fragen, routinemäßig: Wo waren Sie gestern Abend gegen 18 Uhr?" – „Ich veresteh schon, Frau Kommissar." Bianka Rose blickte zu ihrem Sohn und rief: „Tiim, wo waren wir gestern Abend?" Der nahm wieder einen Stöpsel aus dem Ohr und Bianka Rose wiederholte ihre Frage nun etwas leiser. „Zu Hause", antwortete Tim etwas gelangweilt und setzte den Stöpsel wieder ein. – „Tim hatte ein Referat fertig zu machen und ich musste noch Englisch-Leistungskontrollen korrigieren, 8. Klasse. Ihre Kollegen haben heute übrigens noch meine Personalien aufgenommen. Ich bin nach Hause gejoggt und hab erst einmal bei meiner Freundin Kathrin angerufen. Die kommt heute noch vorbei. Ich kann sonst nicht einschlafen. Bei dem Anblick dieses Monsters lief es mir kalt den Rücken runter, das können Sie mir glauben! Den grausigen Anblick vergesse ich so schnell nicht! Ich hol Ihnen mal meinen Personalausweis." Bianka Rose stand auf und ging in die Diele. Carolin Henning schaute zu ihrer Nichte herüber, die amüsiert auf den Bildschirm von Tims Handy blickte, der in „Clash of Clans" gerade einen feindlichen Angriff abzuwehren hatte.

„Danke, Frau Rose." Carola Henning stand vom Esstisch auf, blickte auf den Personalausweis und reichte Bianka Rose ihre Karte: „Wenn Ihnen noch etwas einfällt, rufen Sie bitte an." Carolin schaute etwas genervt zu ihrer Tante, als die zum Aufbruch blies, lächelte aber Tim an.

Der lächelte zurück, wobei sich das Gesicht seiner Mutter leicht rötete. Sie geleitete die Polizisten nach draußen und schloss hinter sich die Tür.

Carola Henning blickte unternehmungslustig zu Jörg Schmiedeknecht: „Na dann, auf zum Haus des Toten!" Mittlerweile war es schon dunkel geworden und die Straßenbeleuchtung war angesprungen. Carolin blickte noch einmal ins Tal hinunter, wo die Kirchtürme nun in hellgelbem Licht erstrahlten. Sie war verzaubert. *Wie tausend gelbe Sonnen*!, dachte sie bei dem Anblick, stieg ins Auto und musste sich auf der Weiterfahrt durch die Pfützen im Eichenweg noch einmal kräftig durchrütteln lassen.

Kurze Zeit später bog Schmiedeknecht scharf von der Bundesstraße in den Lehmgrubenweg ab und Carolin auf der Rückbank drückte es an die rechte Seite des Fahrzeugs. Dann begann das Gerüttel wieder. Auch der Rebenweg war voller Schlaglöcher und Unebenheiten. Am Ende des Weges war von Weitem schon ein kleines dunkles Haus zu sehen, das mit einem Palisadenzaun eingehegt war und die von Hand gemalte Nummer 49 trug. Die Drei stiegen aus. Carolin war etwas benommen von der Fahrt und stakste hinter ihrer Tante und Jörg Schmiedeknecht her. Carola Henning ging diesmal voran, öffnete das Gartentor und stieg drei Stufen zur Haustür hinauf, an der sie klingeln konnte. Auf dem Klingelschild stand kein Name, Carola Henning drückte trotzdem den Knopf.

„Rrrrrring", schepperte die Klingel in einem altmodischen Ton. Auch hier öffnete niemand.

„Der ist nicht zu Hause!", rief plötzlich eine Frau von hinten. Die drei drehten sich um, sahen aber zunächst niemanden. Erst als sie wieder zum Gartentor hinunter kamen, stand da im Halbdunkel eine ältere Dame mit rundlichem Gesicht und schmalen Lippen, die einen Labrador Retriever mitführte, der ziemlich an der Leine zerrte. Carola Henning ging auf die Dame zu und zückte ihre Marke: „Kriminalpolizei Nordhausen, sie kennen den Mann?" – „Ja, der lebt hier allein. Wir kennen uns aber nur flüchtig. Der war mal Profi-Boxer, Halbschwergewicht, ist aber schon lange her. Dann hat er irgendwo im Eichsfeld in einer Fabrik gearbeitet, nach der Wende. Soll der wieder was angestellt haben?", fragte sie neugierig. „Das können wir ihnen jetzt leider nicht sagen. Aber danke. Was meinen Sie eigentlich mit wieder?" – „Na damals das mit seiner Nichte. Wissen Sie, der konnte einem schon leidtun. Was das kleine Ding alles über ihren Onkel erzählt hat! Ich hab dem Mädchen von Anfang an nicht geglaubt. In der Zeitung war dann ja auch angedeutet, was die für Lügen erzählt hat. Ich weiß nicht, was die gegen ihren Onkel hatte." – Carola Henning war etwas verdutzt über dieser offenen Antwort, blickte Jörg Schmiedeknecht leicht verstohlen an und wandte sich dann der Frau wieder zu: „Ach, darf ich Sie noch nach Ihrem Namen fragen?" – „Diana Daut, ich wohne gleich drei Häuser weiter von hier, Rebenweg 43. Guten Abend noch." –

42

„Na, Jörg, dann machen wir für heute erst einmal Feierabend. Wir brauchen einen Haussuchungsbefehl, dann geht es hier morgen weiter." – „Einen Haussuchungsbefehl?", entsetzte sich Carolin. – „Ja, Kindchen, wenn ich etwas über den Täter wissen möchte, muss ich auch über sein Opfer etwas erfahren."

Die drei stiegen wieder in den Audi und fuhren nach Nordhausen zurück.

Kapitel 8

Nächster Vormittag, Besprechungsraum des Polizei-kommissariats Nordhausen:

Kathrin Bauer, Hans-Jörg Schmiedeknecht, Pressesprecherin Susanne Martin und Carola Hennings Nichte Carolin hatten sich am Tisch im Zentrum des Raumes schon Sitzplätze gesucht, Carola Henning selbst stapfte nervös vor einem großen Flip-Board herum. Die Glastür ging auf und ein dunkelhaariger junger, lang aufgeschossener Mann Ende Dreißig in grauem Anzug mit dunkelblauer Seidenkrawatte trat ein.

„Ich bitte um Entschuldigung, ich musste auf Grund der Sperrung des Höllberg-Tunnels eine Umleitung fahren", kam er mit charmantem Lächeln allen Fragen zuvor und setzte sich auf einen freien Stuhl ganz vorne. – „Ich hatte Herrn Staatsanwalt Jannings aus Mühlhausen hierher gebeten, damit wir gleich zu Beginn, wie gewohnt, an einem Strang die Ermittlungen durchführen können", erläuterte Carola Henning. Und alle Augenpaare mit Ausnahme jenen des Staatsanwalts, waren dabei aufmerksam auf Sie gerichtet.

„Ich möchte einmal zusammenfassen, was wir zu unserem neuesten Fall bereits alles haben und danach die weitere Vorgehensweise erläutern. Unsere Erfurter Kollegen haben schnell gearbeitet." Carola Henning nahm zwei Papphefter in die Hand und zeigte sie den Kollegen. „Dr. Zellweger konnte als Todesursache eindeutig die Einwirkung eines scharfen Gegenstandes ausmachen. Durch ein gezieltes Vorgehen wurde dabei die Halsschlagader des Opfers durchtrennt. Die Wunde hat eine Länge von 5 Zentimetern und eine Tiefe von 3 Zentimetern. Das Blut muss aus dieser Wunde plötzlich und sehr stark herausgespritzt sein. Zellweger spricht davon, dass auch die Kleidung des Täters Spritzer abbekommen haben könnte. Herbert Kleinschmidt, den Namen des Opfers konnten wir ja vor Ort noch ermitteln und mit vorhandenen Daten einer früheren Ermittlung abgleichen, also Herbert Kleinschmidt muss Zellwegers Gutachten zufolge sofort in Ohnmacht gefallen sein. Er kippte also über die Kante des Betonpodests etwa 40 Zentimeter in die Tiefe, wobei er sich Blutergüsse am Rücken und eine Schürfwunde am Hinterkopf zuzog. Die am Tatort vorgefundene Blutlache lässt darauf schließen, dass er an Ort und Stelle verblutet sein muss. Als Todeszeitpunkt hat Zellweger nun Sonntag gegen 18 Uhr angegeben. Also bei Abenddämmerung, es muss schon recht dunkel gewesen sein dort am Waldrand. Das dazu." Carola Henning blickte auf ihre Nichte: „Die dazugehörigen Fotos erspare ich mir in diesem Kreise." – „Schon gut, Tante", antwortete Carolin sichtlich beleidigt. – „Ach, Sie haben Ihre Nichte mit? Ich hatte mich schon über die junge Mitarbeiterin gewundert, Frau Henning!", blickte Christopher Linke auf. „Ach, ja, ich vergaß: Carolin Henning aus Freiburg. Ich hab sie für ein Vorpraktikum gewissermaßen unter meine Fittiche genommen. Ist alles mit Polizeidirektor Hansen abgesprochen." – „Dann können Sie ja nun fortfahren." –

„Kommen wir also zu Sarah Eisenhardts Bericht vom Tatort", setzte Carola Henning neu an. „Da haben wir leider nicht viel, aber was wir haben ist dadurch umso mehr. Am wichtigsten erscheint mir die Digitalkamera. Auf der Speicherkarte hat Sarah 31 Fotos gefunden, die Herbert Kleinschmidt am Tattag von Kindern auf dem Spielplatz gemacht hat. Pikant an der Sache sind in diesem Zusammenhang noch die Spermaspuren in seiner Unterwäsche. Kollegin Eisenhardt hat auch Fotos gefunden, die anderen Aufnahmeorten zuzuordnen sind. Wir werden sie bei Gelegenheit diesbezüglich noch auswerten.

Liebe Kollegen: Wir wissen, dass Kleinschmidt wegen sexuellen Missbrauchs schon auf der Anklagebank gesessen hat. Wir waren gestern zu dritt noch an seinem Mühlhäuser Wohnhaus im Rebenweg 49. Den Akten zufolge soll sich Kleinschmidt in einem Schuppen hinter dem Haus, den wir gestern bei der Dunkelheit gar nicht gesehen haben, mehrfach an der elfjährigen Tochter seiner Schwägerin vergangen haben. Da diese sich in ihren Aussagen vor dem Landgericht Mühlhausen in wirre Unstimmigkeiten verstrickt hatte, so geht das jedenfalls aus der Akte hervor, und Kleinschmidt behende dazu schwieg, wurde er aus Mangel an Beweisen frei gesprochen."

Carola Henning blickte nun in betretene Gesichter ihrer Kollegen. „Der Fall liegt nun aber schon zwanzig Jahre zurück. Kleinschmidt, Jahrgang 1955 lebte seither offenbar ziemlich zurückgezogen. Sein jüngerer Bruder Hilmar ist dann von Mühlhausen nach Ammern verzogen, um außer Sichtweite des Bruders zu gelangen und kann mangels Kontakt zu dessen Lebensumständen seit 1997 keinerlei Angaben machen. Die Fotos auf Herbert Kleinschmidts Kamera singen, lassen Sie's mich einmal salopp ausdrücken, darüber jedoch leider ein sehr konkretes Liedchen.

Nun gut, es handelt sich hierbei um das Mordopfer. Kleinschmidt kann nicht mehr straffällig werden. Vielmehr können wir durch ihn zum Täter gelangen. Auf eine interessante Spur möchte ich noch aufmerksam machen: An seinem Mantelkragen befanden sich kleine Reste eines Klebstoffs. Sarah hat sie gleich analysiert und herausgefunden, dass es sich dabei um Kleber handelt, wie er auch für Klebe-Anhängehaken benutzt wird. Ansonsten:

Mannigfaltige Spuren von Mountainbikes und Schuhen rund um den Tatort, jedoch keine Spur, die auf einen Stopp am Tatort hindeutet, mit Ausnahme der Laufschuhe der Zeugin. All diese Spuren werden in Erfurt noch ausgewertet. Von den Blutspritzern auf dem Betonpodest können wir mit Sicherheit schon sagen, dass sie alle dem Opfer zuzuordnen sind. Auffällige Faserspuren, Fremd-DNA: Fehlanzeige. Was wir jetzt brauchen, Kollegen", Carola Henning suchte nun Augenkontakt zu Susanne Martin, „sind Zeugen, irgendjemand, dem Kleinschmidt am Sonntag auf dem Spielplatz aufgefallen ist. Susanne und ich haben schon eine Pressemitteilung erarbeitet. Würdest Du die bitte den Kollegen vorlesen?"

– „Die Zeugen wollen wir über die Medien erreichen.", begann Susanne Martin. „Danach haben wir die PM wie folgt ausgerichtet:
Montagnachmittag wurde am Weißen Haus bei Mühlhausen ein Toter aufgefunden, der offenbar Opfer eines Tötungsdeliktes wurde. Der Tote ist 1 Meter 90 groß, untersetzt, hatte wirres grau-schwarzes Haar, ein rundes Gesicht, buschige Augenbrauen. Er trug unter schwarzem Lodenmantel eine schwarze Jeans und schwarze Halbschuhe. Da über den Täter bisher keine Angaben gemacht werden können, werden Zeugen gesucht, die den Mann am Sonntag am Kinderspielplatz am Weißen Haus gesehen oder sonst irgendetwas Seltsames beobachtet haben. Hinweise nimmt jede Polizeidienststelle entgegen oder das Polizeikommissariat Nordhausen."

– „Das habt Ihr wieder schön formuliert, Carola", lobte nun Jörg Schmiedeknecht. „Da kommt Arbeit auf uns zu."

- „Und so blöde das ist, wir müssen auch die Kinderfotos auswerten" fuhr Carola Henning fort. „Vielleicht ist der Täter oder die Täterin unter den Eltern zu finden", resümierte sie. „Mit Hilmar Kleinschmidt habe ich für heute Nachmittag schon einen Termin in Ammern ausgemacht. Er wird uns jedoch keinen Zutritt zum Haus seines Bruders verschaffen können."

- „Das wird man auch verstehen können", schaltete sich nun Kathrin Bauer ein. „Der hat bestimmt den Kontakt zu seinem Bruder abgebrochen." – „Ich habe Ihnen den Durchsuchungsbefehl schon mitgebracht", meldete sich Linke. Carola Henning entlockte er ein feines Lächeln damit. Sie nahm das Papier gerade in die Hand, als sich Carolin meldete: „Du, ich glaub nicht, dass Eltern das waren. Zufällig soll ein Vater ein großes scharfes Messer mit auf den Spielplatz genommen haben, und zufällig soll der den Typen so sehr damit überrascht haben, dass es nicht einmal zu einem Kampf kam. Mensch, der war Boxer, der hätte doch jeden zusammen geschlagen. Oder der hätte sich davon gemacht! Außerdem glaube ich, dass der Täter irgendein Arzt oder so was war. Oder wüsstest Du, wie Du mit einem Schnitt jemand die Halsschlagader aufschlitzt?" – Ihrer Tante blieb der Mund offen stehen. „Fräulein Henning!", rief Christopher Linke erstaunt wie zuvor aus. „Frau Henning", wandte er sich nun wieder an die Hauptkommissarin, „wir verfahren natürlich so, wie

Sie es vorgeschlagen haben." Und zu Carolin: „Wir spielen hier nicht Detektiv, Fräulein Henning, oder wollen Sie nun alle Ärzte unter Generalverdacht stellen und nach ihrem Alibi für den Tatzeitraum befragen?" – „Ist doch wahr", tat Carolin trotzig. –

„So, wir haben heute Nachmittag noch einiges zu tun!", versuchte Carola Henning die Spannung im Raum aufzulösen. „Gehen wir erst einmal Essen. Kommst Du mit Carolin." Die war jedoch immer noch ärgerlich: „Ich ess doch euren Kantinenfraß nicht. Ich hab Honigwaffeln dabei und meinen Kräutertee!" Patzig, wie sie war, verzog sie sich in Carolas Büro. Die anderen gingen im Pulk zum Aufzug.

Kapitel 9

Diesmal hatte Carola Henning den Audi für sich. An die Stille in dem Neuwagen, der seinen Motor abgeschaltet hatte, sobald sie an der roten Ampel in der Mühlhäuser Straße stehen geblieben war, musste sie sich aber noch gewöhnen. Ungeduldig schnippte sie mit den Fingern auf dem Lenkrad herum und nutzte diese Stille für ein Gespräch.

„Warum machst Du eigentlich keinen Führerschein", drang sie besorgt auf Carolin ein, die neben ihr saß. „Hast ja Recht, Tantchen, spätestens bei der Polizei brauch ich ja einen", beschwichtigte sie. Endlich sprang die Ampel auf

Grün und Carola Henning bog rechts in die Friedrichstraße ein. Mit Tempo 30 ging es durch die leicht geschwungene Straße durch Ammern und dann gemächlich über die Unstrut. „Bisher bin ich eben mit Fahrrad und Bahn ausgekommen. Und in Freiburg kannst Du doch so bequem mit der Straßenbahn fahren, auch abends noch. Ich hab noch nie gedacht, ich brauch jetzt unbedingt ein Auto. Mal sehen, was wird, aber solange es immer noch solche Dreckschleudern gibt, will ich sowieso kein eigenes." – Carola Henning ging es eigentlich nur um Smalltalk mit ihrer Nichte. Sie antwortete nicht auf deren Rechtfertigung. Sie machte nur einen etwas genervten Eindruck, da sie einmal links, dann rechts, dann hinter der Luhnebrücke wieder rechts abbiegen musste. „Also hier bin ich wirklich froh, dass wir ein Navi in jedem Auto haben!", bellte sie. „Na endlich, „Am Weinberg"", las sie auf einem Straßenschild. Doch bis zur Hausnummer 57 musste sie noch fast bis ganz hinten durchfahren. Zumindest fand sie dort gleich einen Parkplatz. Die beiden Frauen stiegen aus und mussten zunächst eine lange Treppe aus schwarzen, hölzernen Eisenbahnschwellen hochsteigen, bevor sie bei Hilmar Kleinschmidt klingeln konnten. Dazu kam es jedoch nicht, denn der Herr des Hauses stand in grauen Filzpantoffeln schon an der Haustürschwelle.

„Guten Tag, ich hab Sie kommen sehen. Kommen Sie doch bitte rein." Mit einladender Geste führte der grauhaarige und vollbärtige Mittfünfziger die

Kommissarin und ihre junge Assistentin ins Wohnzimmer des zweistöckigen Wohnhauses. – „Machen Sie keine Anstalten", sagte er mit einem gastfreundlichen Ausdruck, als sie sich in der Diele die Schuhe ausziehen wollten. „*Wow!*", dachte Carolin Henning beim Eintreten in das Wohnzimmer. Es ging ihr dabei jedoch weniger um den riesigen 3-D-Flachbild-Fernseher, als um den weiten Ausblick durch das große Panoramafenster auf das gesamte Neubaugebiet bis auf die Vorstadt Mühlhausens und die angrenzenden Hügel.

– „Ja, wegen dieses Ausblicks habe ich hier oben gebaut, damals", bemerkte Kleinschmidt, dem Carolins Staunen nicht entgangen war. Die Drei setzten sich in die schwarze, lederne Eck-Couch. „Nach der Sache mit meinem Bruder, sind wir ja sofort ausgezogen, meine Frau, meine Tochter und ich. Dann haben wir aber in der neuen Wohnung so eng gewohnt. Zweieinhalb Zimmer, mehr hatten wir auf die Schnelle nicht gefunden. Ich hab dann jedoch nicht lange gefackelt, als das mit dem Wohngebiet hier beschlossene Sache war. Da hab ich sofort zugegriffen und mir diesen Bauplatz hier oben gesichert. Wir sind noch 1994 hier ins eigene Heim eingezogen. Möchten Sie etwas trinken?", lud er ein. – „Das ist sehr freundlich, aber wir wollten uns jetzt nicht lange aufhalten. Erzählen Sie uns vielleicht einfach nur, was Sie mit dieser Sache meinen", brachte es Carola Henning wieder auf den Punkt.

- „Wir haben doch damals zusammen im Haus meiner Eltern gewohnt, Herbert, meine Frau Rita und Laura, meine Tochter. Laura hat doch von einem auf den anderen Tag meiner Frau gebeichtet, der Onkel Herbert hätte da im Schuppen so komische Sachen mit ihr gemacht. Wir sind dann ausgezogen, weil wir Laura das nicht mehr zumuten wollten. Die hatte richtig Angst vor meinem Bruder. Aber als das dann vor Gericht kam hier in Mühlhausen, konnten die ihm das doch nicht nachweisen. Die Laura wusste nicht mehr, wie das alles so genau war. Und ich konnte mir auch nicht vorstellen, dass mein eigener großer Bruder, zu dem ich immer aufgeschaut habe, nur mit Kindern was anfangen könnte. Ich glaub das heute noch nicht. Meine Frau und die Laura sind ja dann auch raus hier. Die Laura ist jetzt erwachsen, aber die habe ich seitdem nicht mehr gesehen. Die hat es mir übel genommen, dass ich ihr nicht geglaubt habe. Und jetzt ist auch noch der Herbert tot!" Hilmar Kleinschmidt jammerte in sich hinein. – „Sie waren heute früh in Erfurt und haben ihn identifiziert?", fragte Carola Henning in das Gejammer hinein. - „Ja, er ist es, da gibt's gar keinen Zweifel! Ich möchte wissen, wer das war, möcht wissen, wer das war!", wimmerte er.

– „Herr Kleinschmidt, sie haben keinen Schlüssel mehr zum Haus ihres Bruders?" – „Nein, der hat ja zu uns dann auch den Kontakt abgebrochen. Wir haben uns auch nicht mehr gesehen. Aber ihre Kollegen haben mir seinen Schlüsselbund mitgegeben, dass wir die Tür nicht aufbrechen müssen. Ich musste auch unterschreiben, dass ich den jetzt nicht verschwinden lasse. Aber wieso sollte ich das. Ich hoff ja, dass Sie bei meinem Bruder irgendetwas finden, das Sie zum Mörder führt ", sagte Kleinschmidt, der seine Stimme wieder gefunden hatte. Ein Lächeln flog über Carola Hennings Gesicht. Sie zückte den Durchsuchungsbefehl. Kleinschmidt las das Schreiben durch und unterschrieb in der rechten unteren Ecke neben Dr. Linkes Autogramm. Die Drei standen von dem weichen Ecksofa auf, Kleinschmidt wechselte noch seine Schuhe, zog eine Jacke über und setzte sich eine Kappe auf.

Zum zweiten Mal standen Carola und Carolin Henning nun vor der hölzernen Haustür im Rebenweg 49, von der schon ein wenig der Lack abgeblättert war. Hilmar Kleinschmidt zückte den Schlüsselbund seines Bruders und wollte schon die drei Stufen zur Tür hinauf, da hielt ihn Carola Henning sanft am Jackenärmel zurück: „Bevor wir dort nun hinein gehen, möchte ich Sie bitten, nichts anzufassen und sich diese Plastiküberschuhe anzuziehen." Sie reichte Kleinschmidt und ihrer Nichte je ein Paar der zerknautschten, blauen Überzieher und zog sich selbst auch welche über die Stiefel, und Einmalhandschuhe an die Hände. Kleinschmidt schloss auf, die Drei blickten in eine dunkle Diele und Carola Henning fingerte nach dem Lichtschalter. Schuhe, Jacken an einer Garderobe, ein großes, eingerahmtes Foto mit einem Waldmotiv an der Wand und eine gelbliche Tapete kamen zum Vorschein, es roch nach kaltem Rauch.

„Das Rauchen konnte er nicht lassen, das war für mich eine Wohltat, als ich hier raus war, vorher hat mich das aber auch nicht gestört", sprudelte es aus Hilmar Kleinschmidt heraus, der selbst seit langem nicht mehr in diesem Haus war. Carola Henning arbeitete sich nun weiter, schob im Erdgeschoss eine Tür auf, hinter der sich eine kleine Küche zeigte. Hinter der anderen Tür öffnete sich ein Wohnzimmer. Beide Räume waren aufgeräumt, nur auf dem Küchentisch standen eine Kaffeekanne und ein großer rot-weißer Keramik-Humpen mit „Bayern München"-Aufdruck. Offenbar hatte Herbert Kleinschmidt noch Kaffee getrunken, bevor er sich zum Spielplatz am Weißen Haus aufgemacht hatte. Über dem Küchentisch hing neben der Uhr ein Bäckerkalender. Der Monat März zeigte ein Foto der Zugspitze mit dem Eibsee im Vordergrund, auf der Blattrückseite darüber waren Dekorationsideen für den Ostertisch zu sehen. Im Wohnzimmer hing ein großes Ölgemälde mit einer Jagdszene, Hunde, gefolgt von Reitern, hatten einen kapitalen Hirsch in einen Fluss getrieben. Der Hirsch schien um sein Leben zu schreien. Auf dem Wohnzimmertisch lag eine Fernsehzeitung, das dunkle Büfett an der Wand zur Küche stand voller gerahmter Fotos von Kleinschmidt als Boxer, mit Kränzen um den Hals, einem Meistergürtel, den er wohl mal errungen hatte und einem anderen Mann in Sportkleidung, vermutlich sein Trainer. Auf einem Bord standen mehrere, verschieden große Pokale. Carola Henning erschien nichts auffällig zu sein. Also führte sie die Dreiergruppe auf der Treppe ins Obergeschoss an und öffnete vom kurzen Flur aus die erste der dort abgehenden vier Türen. Bad und WC kamen zum Vorschein. Hinter der zweiten Tür ein großes Schlafzimmer mit altem Doppelbett, Schrank, Kommode.

- „Das war einmal das Schlafzimmer von meiner Rita und mir. Mein Bruder hat es wohl so gelassen", entschuldigte sich Hilmar Kleinschmidt. Ein weiteres Schlafzimmer kam hinter der dritten Tür zu Tage, dort stand auch ein gefüllter Kleiderschrank. Über einem großen, gemachten Bett hing ein Poster-Puzzle von Schloss Neuschwanstein. Erst hinter der vierten Tür entdeckte Carola Henning dann, wonach sie gesucht hatte: In dem mit Ferrari-Flagge und Rennwagen- und Michael-Schumacher-Postern fast vollständig ausgekleideten Räumchen stand ein Schreibtisch mit Bürodrehstuhl davor und einem älteren grauen Computer mit Flachbildschirm. „Das war wohl sein Hobbyraum?", fragte Carola Henning. – „Hier war mal Lauras Zimmer. Das hat er sich wohl für seine Leidenschaft umgebaut. Er hat ja den Rennsport geliebt, wie nichts anderes", schwärmte Hilmar Kleinschmidt. Carola Henning schaltete dann den PC ein und wurde nach dem Hochfahren erst einmal um die Eingabe eines Passworts gebeten. „Gut", sagte sie „das machen wir anders." Sie nahm ihr Handy und wählte die Nummer der Kriminaltechnik in Erfurt an. Zweimal machte es „Piep", bis am anderen Ende jemand ran ging. - „Hallo Frau Henning!". Sarah Eisenhardts Stimme war zu hören. „Hallo Frau Eisenhardt. Ich bin hier gerade im Haus des Mühlhäuser Mordopfers im Rebenweg 49. Ich möchte Sie bitten, so bald als möglich dort aus dem Obergeschoss einen PC mitzunehmen und zu untersuchen. Der Zugang ist Passwort-geschützt, ich komme da jetzt nicht ran. Aber Ihr werdet den schon knacken." – „Frau Henning, dann nehmen Sie den doch mit und stellen ihn in der Mühlhäuser Wache sicher, wir holen den dann morgen bei den Kollegen ab." – „Nein, ich hätte eben gerne gehabt, dass Ihr in dem Haus noch Fingerabdrücke sicherstellt, vielleicht sind ja andere mit dabei, außer denen des Opfers." – „Dann machen Sie wenigstens ein Siegel an die Haustür und geben die Hausschlüssel an der Wache ab." – „So machen wir das Frau Eisenhardt", beendete Carola Henning das Gespräch.

„Kannst Du hier mal anhalten?", bremste Carolin Henning ihre Tante, als sie auf der Rückfahrt von der Polizeiinspektion Mühlhausen Richtung Ammern an einem Supermarkt vorbeikamen. „Meine Bio-App hat nämlich gerade gemeldet, dass es hier Tofu gibt! Ich koch uns heute noch was Feines, ja?" – „Kind, Du weißt, dass ich es nicht so mit dem Kochen habe, also mach mal, die Zeit haben wir."
Carola Henning bog also rechts von der Bundesstraße ab. Carolin war begeistert, was sie außer Räuchertofu noch alles in dem Markt fand: Cashew-Kerne, Sojajogurt, Avocados, Zwiebeln, Lauch, Zucchini, Kartoffeln, rote

Spitzpaprika aus biologischem Anbau, weiße Bohnen, eine Flasche Ahornsirup, eine Flasche Aceto Balsamico, Pinienkerne, Kichererbsen, kaltgepresstes Olivenöl, getrocknete Pilze, Linsen, Rohrohrzucker, die gesamte Grundausstattung für den veganen Haushalt. Sogar Mandelmus und Seasampaste fischte sie gekonnt aus den Regalen. Flugs war der Einkaufswagen gefüllt, Carolins Augen glasig vor Freude und ihr Mund zu einem breiten Lächeln verzogen. „Hach, Tantchen, ich freu mich schon so auf heute Abend!" – „Das war's mir wert, Dich wieder glücklich zu sehen", freute die sich, ließ an der Kasse vor Schreck den Mund offen stehen und zückte Ihre goldene Kreditkarte.

Kapitel 10

„Carolin, ich bin begeistert!" Britt war gerade wieder von ihrem Spätdienst im Krankenhaus heim gekommen, steckte die Nase ins Wohnzimmer und schnüffelte. „So, wie das hier duftet, kannst nur Du gekocht haben", begeisterte sie sich. Carolin und Carola Henning mussten lachen. - „Nein, wir beide haben heute gekocht, stimmt's Tantchen", antwortete Carolin. Von ihrer Tante war nur ein zustimmendes „Hmhm!" zu hören. Und: „Es gibt leckeren Bohneneintopf. Der kommt gleich auf den Tisch"

– „Ich wasch mir noch schnell die Hände, dann komm ich, ja?"

Carolin und Carola saßen schon am Esstisch. „Da ich gerade stehe", meinte Britt, „kann ich ja die Suppe aufgeben, oder?" – „Ja, mach mal Britt, wie Du siehst, habe ich heute extra Großmutters alte Suppenterrine rausgeholt", sagte Carola Henning in feierlichem Ton. Britt hob den Deckel am vergoldeten Henkel der verschnörkelten Porzellan-Terrine. „Hmm!" war ihre erste Reaktion, als es duftend daraus hervor dampfte und der rot-grün-weiße Inhalt darin zum Vorschein kam. Mit der alten Silberkelle gab sie jeder einen Teller auf und die drei Damen begannen genussvoll zu schlürfen. „Oh, ist das lecker!", begeisterte sich Britt. „Was ist das Weiße hier?" Britt deutete auf einen weichen Würfel auf ihrem Suppenlöffel. - „Räuchertofu", antwortete ihr Carolin. – „Mein Gott, Carola, wo haben wir denn gelebt die ganzen Jahre? Wenn ich das früher gewusst hätte, wie toll vegan schmeckt…" Britt schob sich gleich einen weiteren Löffel Suppe rein und genoss. – „Weißt Du, was da alles drin ist?" Carolin zählte auf: „Blattspinat, Spitzpaprika, Austernseitlinge, Bärlauch, alles ganz ausgewogen und gesund!"

„So!", sagte Britt nach dem Essen, ging gehobenen Schrittes zum Büfettschrank und holte eine große, bernsteinfarbene Flasche heraus. „Rein pflanzlich", beschwichtigte sie Carolin und reichte ihr die Flasche. –

„Highland Park, Single Malt Scotch Whisky", las sie laut. – „Ja, den haben Carola und ich uns vom Wandern auf den Orkney-Inseln letzten Sommer mitgebracht. Das ist ganz was Feines und den trinken wir heute an. 18 Jahre hat der im Fass gereift und steht schon ein halbes Jahr hier drin. Und jetzt ist genau die Zeit gekommen für dieses wunderbare vegane Getränk", zwinkerte Britt der erstaunten Carolin zu und goss drei schwere Whisky-Gläser damit halbvoll. „Klack!" Die drei Gläser trafen sich in der Mitte des Tisches, als sich Carolin, Carola und Britt zuprosteten. „Hm, ich dachte immer Whisky kratzt im Hals!", bemerkte Carolin erleichtert. „Der schmeckt ja ganz weich und irgendwie, wie die Luft, wenn man auf den Feldberg steigt: Nach Torf und Heidekraut", fiel ihr in Gedanken an eine lange zurückliegende Wanderung auf den höchsten Schwarzwaldgipfel auf. „Wisst ihr was?", fragte sie in die genießerische Stille hinein. „Ich wollte mal eines wissen." Carolin fand keinen besseren Moment für diese Frage. „Seid ihr eigentlich lesbisch?" Carola Henning war keinesfalls schockiert über die Offenheit ihrer Nichte und lächelte Britt an: „Nein, wir sind nur verdammt gute Freundinnen, stimmt's? Bei meinem Job hab ich keine Zeit für Männer. Das hab ich mir schon lange abgeschminkt. Und ehrlich: Ich vermisse das nicht, seit ich Britt kenne. Wir verstehen uns so fantastisch, da brauche ich nicht mehr."

Britt nickte: „Außerdem, für das bisschen Sex gibt es doch „X-Date"." Die drei Damen nippten gedankenverloren an ihren Gläsern. „Wenn ich sturmfreie Bude habe, lade ich mir öfter mal einen Typen ein. Ich hab da schon ein paar brauchbare Kerle kennen gelernt…". „Oder ich mach mich mal auf ein Abenteuer zu denen auf", bekannte sie trocken. Alle Drei mussten lachen.

„Tante Carola?", kam es aus Carolin nun wieder heraus. „Jetzt, wo wir mit Uroma Anna-Marias Besteck gegessen haben: Kannst Du mir mal erzählen, wie das wirklich war, als Papa von zu Hause fort ist?"

Nun fuhr Carola Henning der Schock in alle Glieder. Sie blickte zu Britt herüber, als wollte sie sie um Erlaubnis fragen. Die zuckte nur mit den Schultern und Carola Henning verstand diese Geste als gleichgültiges Einverständnis. Sie begann zu erzählen:

„"Von Zuhause fort" das ist gut. Mit dem Rad hat Frank seinen Freund Christian in Wendehausen besucht. Hausaufgaben wollten die machen, Russisch und Mathe lernen. So hat sich Frank damals verabschiedet. In Wirklichkeit wollten die aber Indianer spielen, und das in der Sperrzone. Ich hab mir Christian damals geschnappt. Das war ein Jahr später. Der kam doch tatsächlich zu uns nach Diedorf auf die Kirmes! Ich hab ihn mir dort dann zur Brust genommen. Der durfte nichts sagen, ich hab's aber doch rausgekriegt, alles!" Carola Henning nippte noch mal an ihrem Whisky.

„Die Polizei hat uns Tage nach Franks Verschwinden erklärt, er wäre an der Grenze auf eine Mine getreten und es sei von ihm nichts mehr übrig geblieben. Was meinst

Du, was das für ein Schlag war nach der Ungewissheit und dem Warten! Mutti ist mir erst einmal zusammengeklappt. Wir haben nur noch geweint, ich weiß nicht wie lange. Vati war starr wie eine Salzsäule und hat sich einen doppelten Braunen gegönnt. Die Kriminalpolizei hat uns das mitgeteilt und weil es doch an der Grenze passiert war, musste alles geheim bleiben. Wir mussten uns auch verpflichten, nichts nach außen dringen zu lassen. Die Stasi hat dann Vati in die Mangel genommen. Aber der hat sich ja nichts zu Schulden kommen lassen. Außerdem war er der beste Direktor, den die Strumpfwarenfabrik damals bekommen konnte. Die konnten sich gar nicht leisten, ihn zu feuern oder auch nur zu reglementieren. Die haben sich dann auch an die wirklich Schuldigen gehalten. Weißt Du, das ist ja nicht auf Franks Mist gewachsen, was dann passierte. Gut, das Indianerspielen schon. Aber das war doch normal für Jungs in seinem Alter. Auch, dass Gojko Mitic sein Vorbild war. Die Filme hat er verschlungen damals, wenn die mal im Fernsehen kamen. Jedenfalls hab ich dann von Christian Montag erfahren, wie es wirklich war. Der ist ja bei seinen Großeltern aufgewachsen, als seine Eltern über die Grenze abgehauen waren. Die haben aber nicht so auf den Jungen geachtet, wie es vielleicht nötig gewesen wäre. Anstatt Hausaufgaben zu machen, sind die beiden an diesem Nachmittag ab in den Wald. Den ganzen Treffurter Stadtwald sollen die gekannt haben. Die wussten von dem geheimen Lager auf dem Karnberg, Spione sollen dort einquartiert worden sein, mit der Grenz-

Patrouille seien die von Katharinenberg aus immer dorthin gekommen. Das hat der Christian alles ausgekundschaftet.

Und an jenem Nachmittag hat er Frank dann die Agentenschleuse gezeigt. Die führte oben auf dem Berg unter der Grenzanlage durch. Die beiden hätten dort gewartet bis zur Dämmerung. Christian wollte dann durch die Röhre flüchten, der wollte zu seinen Eltern. Frank sollte aber den Kundschafter spielen. Frank ist in der Röhre verschwunden. Und als er dann nicht mehr zurück kam, hat Christian Schiss gekriegt und ist nach Hause zurück. Das ist die Geschichte. Den Rest kennst Du ja von Deinem Vater." Carolin hatte sich zuerst gemütlich in den Sessel gedrückt, je mehr ihre Tante erzählte, desto mehr war sie nach vorne gerückt und saß nun mit großen Augen und den Kopf auf den rechten Arm gestützt da.

- „Und was ist dann aus Christian Montag geworden?", fragte sie mit leiser Stimme. - „Ach, das war mir dann auch nicht mehr wichtig, der war vier Jahre jünger als ich, ich glaube, der hat eine Lehre als Maschinenschlosser gemacht, bei uns in der Fabrik. Für mich war das jedenfalls ein Schlüsselerlebnis. Ich hab den Kerl an die Wand geklatscht, als mir klar war, dass Frank noch lebte. Zumindest hatte ich Hoffnung. Dass ich die wahre Geschichte herausgefunden hatte, war ja ein Grund für mich gewesen, Polizistin zu werden. Ich hatte gespürt, dass ich auf meine Art zur Aufklärung ungelöster Fragen beitragen konnte. Für die Stasi war der Zwischenfall übrigens mehr als ärgerlich. Die konnten ja davon ausgehen, dass Frank die Agentenschleuse im Westen verrät. Wie wir heute wissen, wurde die noch am Tag darauf unbrauchbar gemacht. Eine neue Schleuse zu bauen soll dann gar nicht so einfach gewesen sein, da der Bundesgrenzschutz von drüben aus immer auf der Hut war, wenn sich bei uns etwas am Grenzzaun tat. Es wurde dann aber ein geeigneter Standort gefunden, an dem unsere Agenten unbemerkt rüber wechseln konnten. Gar nicht weit weg von der alten, an einem Steilhang, den der westdeutsche Bundesgrenzschutz schlecht einsehen konnte. Aber das nur so nebenbei."

Carola Henning trank noch einmal einen Schluck Whisky. Carolin neigte sich spontan zu ihrer Tante herüber und streichelte ihre linke Hand. „Da warst Du plötzlich ganz alleine in der Familie", wollte sie trösten. – „Viel schlimmer noch", erzählte Carola Henning weiter. „Bei der Todesnachricht blieb es nicht, wie Du Dir vorstellen kannst. Als ob wir durch den Verlust von Frank nicht schon genug hatten. Vater war ja von dem Moment an ein ganz anderer Mensch, schweigsam, verbittert, da hat uns die Staatsicherheit ja noch in der Mangel gehabt. Wir mussten uns ja noch die beißendsten Fragen anhören: „Warum konnte Frank an den Grenzanlagen spielen?" Ob mein Vater ihm nicht eingebläut hätte, dass er niemals auch nur den Zäunen zu nahe kommen soll. Alle in Diedorf und Wendehausen hätten gewusst, wie gefährlich das ist. Er hätte Glück, dass er als Direktor der Strumpfwarenfabrik unabkömmlich sei. Andere seien aus viel geringeren Gründen einfach umgesiedelt worden. Auf der Straße wurde ich später von Jungen und Mädchen in meinem Alter beschimpft, weil wegen Frank die Grenze später noch stärker bewacht wurde. Ich sei schuld, dass sie sich nun noch weniger frei bewegen konnten. Und das im eigenen Dorf. Weil ich auf Frank nicht aufgepasst hätte. Ich war froh, dass ich weiter in Mühlhausen auf die Schule gehen konnte. Meine Klassenlehrerin war so fair, allen zu erklären, dass mein Bruder gestorben war, so dass da keine weiteren Fragen mehr aufkamen. Ich war schließlich eine ihrer besten und liebsten Schülerinnen. Ich hatte da meine Ruhe und hab mich dann auf die Schularbeiten konzentriert. Das war die beste Ablenkung damals."

Stille trat ein. Carolin schaute nur noch zu Boden. Ihr schien die Geschichte sehr nahe gegangen zu sein. Britt hatte nebenher schon den Abwasch erledigt und war zu sich rauf gegangen. „Gehen wir auch mal schlafen", forderte Carola Henning ihre Nichte auf. „Morgen wartet viel Arbeit auf uns!"

Kapitel 11

Zweimal drehte Alfred den Schlüssel um. Mit einem Klick sprang die Falle auf, er zog die Tür nach innen und schaute in den frischen Morgen. Bis tief in die Nacht hatte er noch gearbeitet und war daher noch schlaftrunken. Im

Bademantel ging er den Betonplattenweg bis zum Gartentor und nahm die Zeitung aus ihrer blauen Plastikbox. Noch auf dem Weg faltete er die Rolle auseinander, blätterte zum Lokalteil durch und mit dem ersten Blick auf den Aufmacher huschte ein Lächeln über sein Gesicht. Er setzte sich auf die Holzbank vor dem Haus, legte Mantel- und Kulturteil weg und begann den Artikel auf Seite 1 zu lesen. Mit dem Lokalteil in den Händen richtete sich Alfred auf, ging ins Haus hinein, ließ die Haustür hinter sich ins Schloss fallen und lief geradewegs in die Küche. „Morgen Mutti, Du wirst es nicht glauben, aber der Kinderschänder ist tot. Hier steht es schwarz auf weiß im *Thüringer Generalanzeiger*! Den Mann haben die am Weißen Haus gefunden, ermordet heißt es. Vom Täter keine Spur, Zeugen werden gesucht. Und ein Foto ist drin vom Tatort mit Absperrband. Und eines von dem Toten sogar. Du sagtest ja, dass es so kommen musste, wenn die Justiz schon nichts gegen den unternimmt!" Alfred drückte seine Mutter und gab ihr einen Kuss auf die Wange. Dann setzte er sich an den Frühstückstisch, goss sich einen Kaffee ein und las weiter.

Kapitel 12

„Mann bin ich froh, dass jetzt mal seit fünf Minuten das Telefon nicht geklingelt hat!", stöhnte Carolin Henning laut. Auch ihre Tante war gerade nicht im Gespräch und blickte von ihrem Schreibtisch kurz zu ihrer Nichte. „Weißt Du was, ich habe da eine wunderschöne Aufgabe für Dich: Du sammelst jetzt mal alle bisherigen Ergebnisse ein, von Dir, mir, Jörg und Kathrin, und bastelst uns eine schöne Excel-Tabelle, ja?" Carola Henning lächelte, da sie glaubte, ihr wäre endlich eine sinnvolle Arbeit für ihre Carolin eingefallen. Die streckte aber ihrer Tante die Zunge raus und machte sich daran, die Notizzettel einzusammeln, die die vier Kollegen von den telefonischen Zeugenaussagen gemacht hatten.

„Du machst folgende Spalten ganz nach den Kategorien, die wir abgefragt haben: Name, Adresse, Beobachtung, Datum, Alibi für den Todeszeitpunkt. Wir anderen arbeiten derzeit weiter bei der Gesprächsannahme und treffen uns dann um 11 Uhr zum Briefing." Carolin blickte ihre Tante mit großen Augen an: „Solche modernen Wörter kennst Du?" Im nächsten Augenblick flog ein Radiergummi haarscharf an ihrem rechten Ohr vorbei und Carolin musste laut lachen. - „Mach Dich ran!", donnerte Carola Henning halb im Ernst.

– „Äh, Carola?", drang es in diesem Augenblick an ihr Ohr. Jörg Schmiedeknecht stand plötzlich mit dem Telefon an ihrer rechten Seite: „Neuer Einsatz", sagte er trocken und reichte es ihr. - „Henning. Aha. Wo ist das? Gut, wir sind sofort da." Carola Henning drückte die Hörertaste und wandte sich an ihre Mitarbeiter: „So Leute, noch ein Toter in Mühlhausen, Jörg und ich fahren da gleich mal hin,

Carolin kommt mit, oder?" Die lebte auf als sie das hörte. „Na klar, Tantchen, ich bin dabei", rief sie Carola Henning mit glänzenden Augen zu und speicherte die gerade begonnene Tabelle erst einmal ab.

„Jetzt rechts in die Tonbergstraße einbiegen!", schnarrte die Frauenstimme aus dem Navi. Schon steuerte Jörg Schmiedeknecht rechts rein. „Gleich müssen wir da sein", sagte Carola Henning gespannt. Carolin hatte bis zu diesem Moment auf der Rückbank geschlummert und wurde dabei wieder wach. Der Audi bewegte sich die kleine Anhöhe hinauf, fuhr langsam durch das verkehrsberuhigte Wohngebiet auf dem Tonberg, bis die Straße enger wurde und nur noch geschottert war. Hinter dem Kombi der KTU und einem Streifenwagen stellte Schmiedeknecht das Polizeifahrzeug ab und die Drei stiegen aus. Von weitem war der Tatort schon zu sehen, um den sich vier Gestalten gruppierten. Zwei waren an ihrer ultramarinblauen Uniform als Polizisten zu erkennen, die anderen beiden wirkten in ihren weißen Overalls eher wie Außerirdische. Carola und Carolin Henning und Jörg Schmiedeknecht näherten sich einer grasgrünen Weide mit alten Apfelbäumen, die von einem weißen Elektrozaun umgeben war. Von weitem war das Dilemma schon zu sehen: Geknickt, wie ein umgefahrener Laternenmast, hing dort ein olivgrün gekleideter Mann in dem Brettertor, durch das es auf die Weide ging. Nun war etwas weiter entfernt noch eine weitere Menschengruppe zu sehen, die sich um ein liegendes Pferd kümmerte.

„Na, dass wir uns so bald wiedersehen, hätte ich nicht für möglich gehalten", rief Carola Henning den weißen „Marsmännchen" zu. Das eine Männchen entpuppte sich als Sarah Eisenhardt und grüßte kurz, das andere konzentrierte sich auf den Toten. Es war Dr. Zellweger, der für die KTU wieder den Leichenbefund anfertigte. „Zellweger!" Der nickte Carola Henning zu. Die Streifenpolizisten stellten sich als Michaela Cramer und Jan Weißenborn vor. „Was haben wir denn da für einen Möchtegern-Robin Hood vor uns?", feixte Carola Henning mit Sarah Eisenhardt. Unter der Leiche lugte eine schwarze Armbrust hervor. Die Waffe und der Holzzaun waren über und über mit Blut verschmiert. Sarah Eisenhardt stand vom Tatort auf und näherte sich den Ermittlern. - „Nein, Robin Hood ist das nicht, Frau Henning. Der hätte niemals mit Stahlbolzen auf Pferde geschossen. Sieht so aus, als dass uns dessen Mörder den lang gesuchten Pferdequäler auf dem Serviertablett präsentiert." – „Ach deswegen die Leute dort hinten. Ich hoffe, dem Pferd ist nichts Schlimmes passiert." – „Ich fürchte schon, eine Anwohnerin, die gerade ihren Hund ausführte, hat heute Morgen die Leiche des Mannes gefunden. Als Todeszeitpunkt hat Dr. Zellweger jedoch den gestrigen Abend ermittelt. So lange muss auch das Pferd schon gelegen haben. Ob es zu retten ist, müssen Sie den Tierarzt der Tierklinik fragen. Wir konnten ihn heute

Morgen erst alarmieren. Für den Armbrustschützen kam jede Hilfe zu spät. Der wurde fachmännisch von hinten aufgeschlitzt, vermutlich, als er gerade seine Tat begangen hatte. Die Tötungsart ist offensichtlich dieselbe, wie bei dem Mord am Weißen Haus: Ein sauberer Schnitt in die rechte Halsschlagader. Der Armbrustschütze muss sofort ohnmächtig zusammen gebrochen und hier dann verblutet sein." – Carola Henning blickte zu Jörg Schmiedeknecht: „Das ändert natürlich alles, Jörg. Nun haben wir es mit einem Serienmörder zu tun." – „Das riecht nach Soko, Chef. Das schaffen wir nicht mehr alleine." – „Vor allem Jörg, jetzt gilt es schnell zu handeln. Der Schlitzer läuft noch frei herum, und wer weiß, was er als nächstes auf dem Plan hat." – „Vor allem Tantchen, können wir nun vielleicht mal anfangen, in der Mühlhäuser Ärzteschaft nach dem Täter zu suchen? Wo doch in dem Fall die Eltern von Spielplatzkindern nicht in Frage kommen", meldete sich Carolin Henning etwas gequält zu Wort. Carola Henning rollte nur mit den Augen und nahm ihr Dienst-Handy aus der Jackentasche.

„Kathrin, mach mir mal bitte eine Leitung zum PD. Ja, jetzt wird's ernst in Mühlhausen! Wir haben einen zweiten Mordfall hier. Der Schlitzer hat offenbar wieder zugeschlagen. Ja, danke Kathrin." Nun hatte Carola Henning den Polizeidirektor in der Leitung.

„Herr Hansen, hier Henning. Ja, der Fall hier in Mühlhausen hat sich ausgeweitet. Wir haben ein zweites Mordopfer, das auf dieselbe Weise umgekommen ist, wie der Tote vom Weißen Haus. Ja, Halsschlagader aufgeschnitten, dasselbe Bild. Ich möchte Sie bitten, eine Soko einzurichten, am besten in der Polizeistation Mühlhausen. Ja, danke Chef, schön, dass Sie das auch so sehen. Wenn wir hier am Tatort genug gesehen haben, kommen wir direkt hin. Ja, wir bleiben in Kontakt, wiederhören."

Carola Henning wählte unmittelbar eine weitere Nummer. „Hallo Kathrin, ich bin's noch mal. Besorg uns doch bitte ab heute Nacht eine Unterkunft hier in Mühlhausen. Ja, zwei Zimmer, eines für Jörg, eines für mich und Carolin. Gut, ich danke dir, bis dann!" Und zu Jörg und Carolin: „So, nun wird's heiß hier! Ihr habt ja mitgehört: Wir bilden hier nun die Soko „Mühlhäuser Schlitzer", die ich leiten werde. Wir schauen uns hier erst noch mal um. Wenn ich dann grünes Licht von PD Hansen habe, richten wir uns in der Polizeistation Mühlhausen ein. Da es hier nun viel zu tun gibt, bleiben wir bis auf weiteres auch nachts in Mühlhausen. Das spart Zeit. Kathrin besorgt uns was. Doch nun zurück zu unserem Robin Hood, liegt über dessen Identität schon etwas vor? Frau Eisenhardt!", Carola Henning rief sie vom Tatort noch einmal zu sich. „Frau Eisenhardt, was wissen wir denn über das Mordopfer?" – „Nun, Ausweispapiere hatte er keine dabei. Auch kein Handy. Wir warten noch auf den Fotografen, um die Leiche umdrehen zu können. Solange kommen wir auch an die Armbrust nicht heran. Die müsste ja registriert sein. Täterspuren liegen uns bisher auch keine vor." – „Das macht den Fall nicht leichter." Da zupfte sie jemand am Ärmel: „Tantchen kommst Du mal? Da drüben lehnt ein Mountain Bike am Zaun, das sollten wir uns mal anschauen. Vielleicht gehört das ja dem Toten." – „Carolin, da hast Du ja wieder gut aufgepasst", lobte Carola Henning ihre Nichte. Die drei Ermittler gingen auf das blau-grüne Fahrrad zu, das hinter einem Brombeerbusch versteckt an einem der Zaunpfähle lehnte. Henning holte ein Paar Einmalhandschuhe aus ihrer Jackentasche und streifte sie sich über, um das Rad zu untersuchen. „Da, eine Rahmennummer, wie praktisch." Carola Henning nahm wieder ihr Handy zur Hand: „Ja, hier Henning, ich ermittle in dem Mordfall hier auf dem Tonberg. Ist denn aktuell jemand als vermisst gemeldet? Und könnten Sie bitte mal folgende Rahmennummer eines Fahrrades überprüfen? Ich gebe durch: Nordpol, Anna, Null, Sieben, Drei, Eins, Sieben, Sechs, Xaver. Gut, danke! Ja, Sie erreichen mich gerade unter dieser Handy-Nummer." Und zu Jörg und Carolin: „Dann werden wir ja sehen, ob das Rad registriert ist. Sieht jedenfalls nicht billig aus." – „Ja, Tantchen, für diese Marke wirst Du mindestens tausend Euro berappen müssen", meldete sich wieder Carolin zu Wort. „Soll ich mal danach googeln? Das haben wir gleich!" Carolin nahm ihr privates Handy vor den Mund: „Google, was kostet ein Alea Mountainbike XD blau-grün?" Keine fünf Sekunden später gab Carolins Smartphone einen Klingelton von sich und das Suchergebnis war da: „Da haben wir's: 1399 Euro!"

71

Carolin zeigte mit einem überlegenen Lächeln im Gesicht ihrer Tante das Handy. In dem Augenblick klingelte auch Carola Hennings Handy wieder: „Ah, danke für die Überprüfung!" – „So, Leute, nun wissen wir nicht nur, was dieses Rad neu kostet, sondern auch seinen Besitzer." Nun war es Carola Henning, die ein Siegerlächeln aufsetzte. „Ein gewisser Bastian Hoffmann. Adresse habe ich auch: hier in Mühlhausen, Bauernfreiheit Nummer 57. Wir verfahren also ähnlich, wie beim Toten vom Weißen Haus. Erst einmal die Frau mit Hund befragen und dann ab in die „Bauernfreiheit". Ich bin gespannt, ob uns das Fahrrad zum Opfer führt!"

Das Dreierteam setzte sich wieder in Bewegung zum Auto und begegnete am Tatort einem Vollbärtigen. „Ah, der Fotograf hat sich auch hier her getrollt. Sarah, untersuchst Du bitte auch das Mountainbike, das dort drüben am Zaun steht? Und macht Fotos davon!" Auch aus Richtung des Pferdes kamen nun Leute über den Zaun gestiegen. „Guten Tag, Kriminalhauptkommissar Carola Henning", richtete sie sich an die Gruppe. Ein Mann mit weißem Vollbart, in karierten Trenchcoat und Gummistiefel gekleidet, reichte ihr die Hand. „Guten Tag, Dr. Matthias Schwager von der hiesigen Tierklinik. Tja dem Reit-Pony konnten wir leider nicht mehr helfen", bedauerte er mit ernster Miene. „Das hatte schon zu viel Blut verloren." Er zog etwas aus seiner Manteltasche. „Aber diesen Bolzen haben wir dem Tier aus dem Hals geholt. Vielleicht hilft er Ihnen weiter." Carola Henning nahm ihn mit der rechten Hand an, an der sie immer noch einen Gummihandschuh hatte und steckte ihn in einen Asservatenbeutel, den sie flugs aus ihrer Tasche gezogen hatte. „Danke, tut mir Leid um das Tier. Es wäre schön, wenn ich Ihren Bericht haben könnte." Henning nahm aus dem Etui ihres Dienstausweises eine Visitenkarte und reichte sie dem Tierarzt. „Ja, das können Sie. Der Fall wird übrigens von ihren Mühlhäuser Kollegen bearbeitet, ist ja nicht die erste Sachbeschädigung an Pferden in Mühlhausen", sagte der Arzt in einem leicht spöttischen Tonfall. „Aber wohl der letzte dieser Art hier", spottete Carola Henning mit einem Fingerzeig auf das Mordopfer.

Nun wandte sich eine Mittdreißigerin mit blondem Pferdeschwanz an sie: „Wann kann ich *Mustang* denn nun abholen lassen?" – „Das ist Ihr Pferd? Herr Dr. Schwager, haben Sie Fotos gemacht?" Der nickte kurz herüber. „Sie sind Frau?" – „Hoyer, Gabriele." – „Wo waren Sie gestern Abend, wir müssen das fragen?" – „Ich bin nach der Arbeit mit meiner älteren Tochter zu den Pferden gefahren. Danach war ich zuhause, mit meinem Mann und meinen Kindern." - „Sie können dann, wenn Sie von der anderen Seite anfahren, das Tier sofort beseitigen. Ansonsten warten Sie bitte, bis die Tatort-Ermittler den Platz frei gegeben haben." Bei dem Wort „beseitigen" hatte die junge Reiterin ihr Gesicht verloren und sich abgewandt. „Sagt man nicht Tierkörperbeseitigung", flüsterte Carola Henning, die von ihrer Nichte einen bösen Seitenblick erhascht hatte. Dann führte sie ihr Weg weiter in Richtung des Nachbarhauses.

Von dem war zunächst einmal nichts zu sehen. Mit einer übermannshohen Mauer aus schwarz verfugten weißen Quadern hatten dessen Bewohner dafür gesorgt, dass es allen Blicken verborgen blieb. Die Ermittler kamen an ein Stahl-Schiebetor und Carola Henning klingelte an einer Rufanlage mit Kameraauge. „Ja, bitte?", schnarrte nach einem kurzen Augenblick eine Frauenstimme aus dem Lautsprecher. „Carola Henning, Kriminalpolizei Nordhausen, guten Tag", gab sich die Kommissarin höflich. „Frau Gröger, Hertha Gröger?", las sie vom Klingelschild ab. – „Ja, das bin ich, Sie kommen sicherlich wegen des Toten. Warten Sie, ich komme ans Tor."

Die Ermittler warteten bestimmt eine Minute, als sich die Stahltür neben dem Schiebetor öffnete und eine etwa sechzigjährige Frau mit schulterlangem, blondem Haar, in kariertem Rock und mit safaribraunem Rollkragenpulli herauslugte. An ihrer Seite hatte sie an einem dicken, gedrehten Strick einen großen Rottweiler-Rüden, der misstrauisch an Carola Hennings Füßen schnupperte. „Ich musste erst einmal *Bulli* an die Leine nehmen", entschuldigte sie sich und ließ die Ermittler ein. Vorbei an einem schwarzen SUV näherte man sich einem Flachbau, der ebenfalls in Weiß gehalten war und ein flaches, schwarzes Pyramidendach hatte. In einem Wintergarten neben dem Hausportal bat Frau Gröger die drei Ermittler Platz auf anthrazitfarbenen Ledersesseln zu nehmen.

„Darf ich Ihnen etwas anbieten, ich habe gerade einen Himalaya-Tee frisch aufgebrüht?!" – „Das ist nett, vielen Dank, aber wir sind gleich wieder weg." Carola Henning konnte auch höflich sein. – Frau Gröger kam daher sofort auf den Punkt: „Wissen Sie, ich habe mich gestern Abend schon gewundert. Die Sonne war untergegangen und wir wollten uns gerade zum Abendessen hinsetzen, mein Mann und ich, da regte sich der *Bulli* auf einmal auf und rannte an der Mauer entlang. Mein Mann ist dann gleich ins Büro gelaufen, hat aber auf dem Kontrollbildschirm nichts Ungewöhnliches entdeckt. Außer, dass Hoyers Pferde wie wild über die Weide galoppierten. Aber das tun die ja immer, wenn *Bulli* anschlägt. Und das lassen wir uns von Hoyers auch nicht verbieten", wurde sie laut. „Ich hab dann den *Bulli* rein genommen und er hat sich beruhigt." Hertha Gröger nahm einen Schluck aus einem handgetöpferten Humpen mit Mühlhäuser Stadtsilhouette darauf und fuhr fort: „Heute Morgen bin ich mit dem *Bulli* raus und da hat der aber an der Leine gezogen! Das kannte ich von ihm gar nicht. Und da hat er mich gleich zum Toten geführt. Da musste ich aber streng sein und *Bulli* ran rufen. Ich hab dann vom Smartphone aus den Notruf gewählt und bin dann gleich ins Haus zurück, der Mörder hätte ja noch in der Gegend sein können…! –

„Ist Ihnen sonst noch etwas aufgefallen?" –

„Ich muss Ihnen sagen, nein! Das hat mich alles viel zu sehr aufgeregt!" –

„Dann, Frau Gröger, möchte ich Sie bitten, mir für unsere Ermittlungsarbeit das Überwachungsvideo auszuhändigen." –

„Aber sicher doch. Bringen Sie den Täter bloß schnell hinter Gitter!" Hertha Gröger ging in das Büro des Hauses und kam von dort mit einer SD-Karte zurück. „Die Kamera reagiert auf Geräusche und Bewegungen und nimmt nur dann auf. Ich hoffe, Sie kommen damit weiter."

„Solche Leute muss es auch geben, Carolin", sagte Carola Henning in gewohnt trockenem Tonfall, als die Drei schon wieder auf dem Weg zum Auto waren. –

„Wie war das, Tantchen, Geld adelt? Das jedenfalls war eine Burg von heute!" –

„Mühlhausen, Bauernfreiheit Nummer 57", sprach Jörg Schmiedeknecht ins Mikrofon des Navigationsgeräts, drückte das Gaspedal durch und ließ den Schotter hochspritzen.

„So, Carolinchen, nachdem nun klar geworden ist, dass wir mit Mühlhausen wieder einmal länger zu tun haben, zeige ich Dir auf unserer kleinen Tour etwas von meiner Heimatstadt", kündigte er seiner jungen Beifahrerin an und bog bereits in den Petristeinweg ab. „Mühlhausen gibt sich zwar als Stadt mit mittelalterlichem Flair. Wie Du siehst", und dabei zeigte er mit seiner Nase auf den Kreisverkehr „hat jedoch auch hier die Moderne schon Einzug gehalten. Und nun pass schön auf und schau schon einmal nach links." Schmiedeknecht ließ den zweiten Kreisel hinter

76

sich und zeigte nun mit der flachen Hand auf die Petrikirche: „Sieht das nicht aus, wie in Wien der Stephansdom?" Dann ging es bergauf und schon sollte Carolin wieder „ganz schnell" nach links schauen. „Ist das nicht ein Anblick? Nenn mir mal eine Stadt in Deutschland, die noch eine so schöne mittelalterliche Stadtmauer zu bieten hat! Das ist übrigens das innere Frauentor, und rechts der Blobach mit dem äußeren Frauentor. Der Blobach ist der Rest einer Prachtstraße über die die deutschen Könige einst Einzug in die Stadt hielten. Du musst wissen: Mühlhausen war einmal eine freie Reichsstadt", sagte Schmiedeknecht mit stolzem Unterton in der Stimme. Dann ging es auch schon in Höchstgeschwindigkeit den Berg hinab und Carolin nutzte die Erzählpause für ihre Antwort auf die Frage: „Rothenburg, Nördlingen! Da waren wir einmal im Familienurlaub. Aber Du hast schon Recht, wenn ich so an Freiburg denke, da ist ja von der Stadtmauer auch nicht viel übrig geblieben." Jörg Schmiedeknecht zeigte sich unbeeindruckt. Als das Auto vor der nächsten Ampel zum Stehen kam, blickte er durch die Windschutzscheibe nach oben: „Nikolaikirche! Leider eingerüstet. Sonst könntest Du sehen, dass die ganze Kirche aus diesem edlen Travertin gebaut ist. Hoffentlich können sie den Turm noch retten!", sagte er mehr zu sich. „Den haben sie nach der Wende kaputt saniert, jetzt hat er tiefe Risse bekommen." Danach gab er erst einmal Ruhe, man fuhr an mehreren heruntergekommenen alten Stadthäusern vorbei.

„Ich bin ja schon lange weg aus Mühlhausen", bedauerte er. „Ich kenne das hier noch anders!"

Es wurde wieder still im Auto und Carolin ließ im Vorbeifahren die Lindenallee an sich vorüber ziehen, die sie auf dem Weg zum Weißen Haus vor ein paar Tagen schon bewundert hatte. – „Der Schwanenteich", kam es dann fast zärtlich über Schmiedeknechts Lippen. - „Wo?", fragte Carolin. Sie sah nur einen großen Parkplatz an sich vorüberfliegen. „Da hab ich schwimmen gelernt!", schwärmte Schmiedeknecht. – „Im dem Teich?" – „Nein im Freibad, da ist doch noch ein Freibad nebendran. War, muss man ja sagen. Die Stadt hat es einfach verrotten lassen und dann geschlossen." Schmiedeknechts Gesicht verfinsterte sich. Wieder ging es bergauf und es meldete sich Carolins Tante zu Wort: „Gleich sind wir an der Heilanstalt. Heute schmeichelhaft Ökumenisches Hainich-Klinikum genannt. Die haben einen modernen Maßregelvollzug dort, das kann ich Dir sagen." Carola Henning blickte sich um. In Carolins Augen bildete sich ein großes Fragezeichen. „Na, für psychisch kranke Straftäter. Da sitzen auch einige unserer Mörder ein."

Carola Henning musste schmunzeln und sich dann festhalten, als es scharf rechts ab ging. Es folgten weitere Kurven und Carolin wurde wieder durchgeschüttelt. „Jörg, fahr mal langsamer, wir müssen nach der Hausnummer 57 schauen. Halt, da ist es ja schon!"

„Sie haben Ihr Ziel erreicht", schnarrte es aus dem Navi, Jörg Schmiedeknecht bremste jäh und stellte den

Audi am Zaun einer Ziegenweide ab. Eine ganze Ziegenherde rannte auch schon auf die Polizisten zu und meckerte neugierig, als sie ausstiegen. Kurzer Blick nach links, die Straße war frei. So näherte sich das Grüppchen einem langgezogenen, einstöckigen Fachwerkhaus, das inmitten eines großen Gartens stand. Eine Schar weißer Gänse kam schnatternd an den Maschendrahtzaun gelaufen, auf der Eingangstreppe lehnte faul ein großer, bunter Gartenzwerg mit einem Grashalm im Mund.

Carola Henning klingelte bei Hoffmann. Eine hagere Frau um die Sechzig, mit faltigem Gesicht und zu einem Dutt zusammengeknoteten grauen Haaren öffnete die mit einem gelben, rautenförmigen Fenster versehene schwere, dunkle Holztüre. „Ja, bitte?" –

„Kriminalpolizei Nordhausen", sagte Carola Henning mit gezücktem Dienstausweis, „Henning mein Name, mein Kollege Schmiedeknecht, dürfen wir kurz reinkommen?" – „Wieso, hat mein Junge wieder was ausgefressen?" – „Nein beziehungsweise ja", eierte Henning herum, „aber lassen Sie uns doch in Ruhe darüber reden!" –

„Also wenn's unbedingt sein muss, dann kommen Sie eben rein. Mein Sohn ist aber nicht zuhause, der war wieder die ganze Nacht fort, hat nicht gesagt, wo er hingeht", schimpfte sie und geleitete das Trio ins Wohnzimmer im hinteren Anbau des Hauses, das durch zwei große Fenster und eine Terrassentür einen Blick in den großen, mit Obstbäumen bestandenen Hintergarten zuließ.

„Dann nehmen Sie eben Platz, den Fernseher mache ich mal aus, den lasse ich immer nebenher laufen, mein Mann ist ja noch auf Arbeit, da bin ich den Tag über allein", erklärte sie und man setzte sich in die mit Leopardendecken abgedeckten Sessel und auf das Sofa mit Blick auf den großen Flachbild-Fernseher.

„Frau Hoffmann, Bastian Hoffmann ist Ihr Sohn?", begann Carola Henning. - „Ja, sein Vater ist aber mit ner anderen abgehauen und dann über die Grenze, als die offen war. Ich hab nur Sorgen mit dem, wissen Sie. Der hat die Schule abgebrochen, der hat schon in Gartenlauben geklaut. Die Lehre hat der dann auch nicht weiter gemacht. Der liegt mir nur auf der Tasche rum, kriegt ja keine Sozialhilfe! Und was hat er jetzt wieder gemacht? Sonst kommen doch die Polizisten vorbei. Sie sind aber Kriminale!?"

Carola Henning blickte Jörg Schmiedeknecht Hilfe suchend an. Der sprang in die Bresche: „Frau Hoffmann, Ihr Sohn ist heute Morgen tot aufgefunden worden."

Aber das schien die Alte kaum zu schocken. Sie setzte ihren Redeschwall fort: „Ja, das musste ja so kommen. Bei den Ballerspielen, die der auf dem Computer hat. Wenigstens hat er immer seine Kopfhörer auf gehabt. Das Maschinengewehrgeknatter war ja nicht auszuhalten! Waffen, Waffen, Waffen, nichts anderes! Der war auch bei den Bogenschützen, hier auf dem Schützenberg. Die sind aber immer sonst wohin gefahren, immer in den Wald. Der war im Thüringer Wald, im Harz, in der Hainleite, immer zum Schießen. Und ganz neu, jetzt hat der sich von dem bisschen Geld, das der hat auch noch eine Armbrust gekauft. „Mutti, das verstehst Du net", und fort war der. Konnt ja kostenlos wohnen, hat hier sein Zimmer und Essen und alles." Frau Hoffmann wurde nun rot im Gesicht und Tränen perlten ihr über die Wangen. „Frau Hoffmann, sollen wir besser morgen wieder kommen?", fragte Carola Henning. – „Nee, ist schon gut", weinte die Alte. - „Es ist nur so", fuhr sie fort: „Ihr Sohn hat mit seiner Armbrust ein Pferd angeschossen." Die Alte erstarrte vor Schreck. „Unsere Kollegen werden deshalb noch bei Ihnen vorbei kommen. Warum wir hier sind: Ihr Sohn ist offenbar selbst zum Opfer geworden. Wie gesagt, er wurde heute Morgen mit einem Schnitt im Hals und blutüberströmt am Rand von Mühlhausen aufgefunden. Hatte er Feinde?" –

„Der Basti war kein einfacher Junge, aber Feinde? Was ich weiß, mochten sie ihn alle bei den Bogenschützen. Aber, dass der auf lebende Pferde schießt? Das soll mein Basti getan haben?" Im Gesicht der Alten formierte sich zunehmend Ärger und Carola Henning spürte, dass sie sie am liebsten gleich aus dem Haus geworfen hätte. „Durften wir einen Blick in sein Zimmer werfen?" – „Sie sollen jetzt gehen, gehen Sie weg!", herrschte sie die Alte an. Alle drei standen, wie auf einen Wink, auf. - „Sie hören von uns, wenn der Leichnam freigegeben ist. Wir brauchen Sie aber zur Identifizierung. Die Kollegen werden morgen dann mit einem Haussuchungsbefehl bei Ihnen vorbei kommen", konnte Carola Henning im Rausgehen in sachlichem Ton noch sagen. –

„Gehen Sie, sofort!" Und die Haustür krachte hinter ihnen ins Schloss.

Kapitel 13

„Ah, Kathrin!", freute sich Carola Henning. *Wenigstens ein bekanntes Gesicht*, dachte sie bei sich selbst. Carolin und Kollege Schmiedeknecht in ihrem Schlepptau trat sie in großen Schritten durch die geöffnete Doppeltür des Besprechungsraums im vierten Stock der Mühlhäuser Polizeiinspektion. Kathrin Bauer freute sich über beide Ohren hinaus, als sie ihre Chefin sah.

„Carola, Du wirst Staunen: Alle Arbeitsplätze sind eingerichtet, sichere Verbindungen über das Landesrechenzentrum hergestellt, und wir haben zwei neue Mitarbeiter hinzu bekommen." Die Oberkommissarin deutete auf einen kräftig gebauten jungen Mann, der an einem der Arbeitsplätze Akten studierte und auf einen drahtigen Polizeihauptmeister mit leicht ergrautem Haar, der gerade dabei war, Tische zu einem Sechseck zurechtzurücken.

„Marcel Nöhring", stellte er sich kurz vor und machte weiter. Auf einem Ecktischchen zischte auch schon die Espressomaschine, die ihren Weg offenbar auch von Nordnach Mühlhausen gefunden hatte. - „Super Kathrin, dann können wir hier ja sofort weiter machen", lobte Carola Henning und goss Kaffee in drei Humpen, die noch unausgepackt in einer Gitterbox gestanden hatten. „Carolin, Du kannst dich dort drüben ja weiter an Deiner Excel-Tabelle zu schaffen machen", dirigierte Carola Henning. – „Okay Sir!", feixte Carolin. Henning und Schmiedeknecht näherten sich dann mit ihren Kaffeetassen in den Händen von hinten dem neuen Kollegen. Der schien die Veränderung im Raum noch gar nicht registriert zu haben, saß seelenruhig da und stierte konzentriert auf seinen PC-Bildschirm. Carola Henning machte Jörg Schmiedeknecht mit einer Augendrehung ein Zeichen und der tippte dem Dicken auf die linke Schulter. Der ließ sich davon nicht beeindrucken, las den Satz, den er angefangen hatte noch zu Ende und drehte sich dann im Drehstuhl langsam um: „Ah, Frau Henning, Herr Schmiedeknecht. Ich hatte mir vorhin schon einmal ein Bild von Ihnen gemacht. Man möchte ja wissen, mit wem man zusammen arbeitet. Ich bin Krzysztof Poniatowski, der neue Profiler in der Landeseinsatzzentrale." Poniatowski hatte die Ausmaße zweier Polizisten, steckte in einem XXXL-Rollkragenpullover und lächelte seine Kollegen durch seinen schwarzen Vollbart und die ebenso schwarze, große Hornbrille an. – „Sehr schön! Poniatowski, war das nicht dieser General, der bei der Völkerschlacht von Leipzig für Napoleon den Ausputzer machte und dann so jämmerlich in der Elster ertrank?", kramte Carola Henning ihr Schulwissen aus. –

„Ja, ja, Frau Henning, Sie scheinen sich da auszukennen." –

„Ich kann leider kein Polnisch, dürfen wir Sie einfach Poniatowski nennen?" – Sie können auch ganz normal Christoph zu mir sagen, ich hab da kein Problem. Mein Vater ist Pole, ich bin aber in Offenbach aufgewachsen." – „Jörg, dann machst Du Dich bitte zusammen mit Christoph ans Täterprofil." Mit einem Augenzwinkern ließ sie ihren besten Mitarbeiter mit dem Neuen allein.

„Kathrin!", rief sie durch den Raum. „Mach mir doch mal eine Verbindung mit Direktor Hansen." Nun hatte sie auch ihren Schreibtisch mit Blick zur Mühlhäuser Altstadt ausgemacht, setzte sich in den Chefsessel und streckte die Beine aus. „Düdelüüd, Düdelüüd…" klingelte ihr Telefon. „Herr Direktor, hier Henning. … Ja, so sieht es aus. … Gut, ich verstehe, Pressekonferenz hier im Haus, Sie, der Staatsanwalt, Frau Merten, geht in Ordnung. … Wir wollten um 15 Uhr Team-Besprechung machen. … Sie kommen dazu? Pk dann um 16 Uhr 30!? … Sie organisieren das selbst mit den Medien! In Ordnung, bis dann." Sie drehte sich im Sessel um 180 Grad: „So Leute, habt ihr mitgehört? 15 Uhr Besprechung, 16 Uhr 30 Pk, also legt Euch in die Riemen!"

Kapitel 14

„Mutti, das musst Du sehen!" Alfred kippte den Rollstuhl seiner Mutter an den Handgriffen und lenkte sie von der Küche durch den Flur ins Wohnzimmer. *Thüringen Heute* hatte im Fernsehen gerade begonnen. Alfred überschlug sich fast vor Aufregung: „Gleich kommt Mühlhausen, Mutti!" Und schon begann Stephan Liebefrau mit der Anmoderation: „Zwei Morde in Mühlhausen in nur wenigen Tagen. Beide Toten wurden erstochen. Mühlhausen ist nun in Aufregung um einen potentiellen Serienmörder." Im Filmbeitrag wurde ein Holzlattenzaun mit Blutresten gezeigt. Daran hatte jemand eine Kerze aufgestellt und ein Schild mit der Aufschrift *Warum Bastian?* – „An diesem Zaun einer Pferdeweide am Stadtrand von Mühlhausen wurde jetzt ein junger Mann tot aufgefunden. Nach dem Leichenfund am Weißen Haus handelt es sich dabei schon um den zweiten Toten binnen dreier Tage in Mühlhausen. Eine Pressekonferenz in der Polizeiinspektion heute Nachmittag gab darüber Aufschluss", schallte es aus dem Fernsehlautsprecher. Das mit Polizeidirektor Ulf Hansen und Staatsanwalt Karl Jannings besetzte Podium wurde eingeblendet. „Beide Opfer wurden erstochen. Wir gehen daher von einem Serientäter aus und haben hier in der Mühlhäuser Polizeiinspektion eine Sonderkommission eingerichtet." Ein Zwischenruf wurde laut, dem der Polizeidirektor entgegentrat: „Nein, über die genaue Tötungsursache machen wir aus polizeitaktischer Sicht keine Aussage." Aus dem Publikum kam ein weiterer Zwischenruf: „Handelt es sich bei dem Opfer nicht um den seit langem gesuchten Pferdequäler?" Der Polizeidirektor bestätigte diese Annahme mit einem Kopfnicken und zeigte auf eine Frau, die abseits vom Podium stand. „Unsere Sprecherin, Frau Merten, hält Ihnen dazu eine Mitteilung bereit. Im Fall des potentiellen Serienmörders bitten wir die Bevölkerung um besondere Aufmerksamkeit. Zum Täter liegen uns leider noch keine Angaben vor. Auffälligkeiten und Beobachtungen, die im Zusammenhang mit beiden Morden gemacht wurden, sind uns daher besonders wichtig. Wir haben hierfür in Mühlhausen auch eine Direktleitung zur Sonderkommission eingerichtet. Sie können sich damit jedoch auch an jede Polizeidienststelle wenden." Die Nummer wurde am unteren Bildrand eingeblendet. Der Fernsehbeitrag endete.

„Na, Mutti, was sagst Du dazu? Jetzt hat das Pferdequälen ein Ende gefunden." Und nach einer kurzen Pause: „Ja, da hast Du Recht! Man hätte ihn vielleicht auch mit einer Armbrust erschießen sollen." Alfred fuhr seine Mutter im Rollstuhl wieder in die Küche und stieg die Treppe hinauf in sein Zimmer. Schließlich hatte er am Abend im Mühlhäuser Kampfsportzentrum *K.O.* Karate-Training und musste sich noch umziehen.

Kapitel 15

„Jaaaaa!" Die *Rumpelstilzchen-Gruppe* der Kindertagesstätte „Am Fluss" hatte die Gartenstraße links liegen gelassen und war in einen Feldweg abgebogen. Milan, Svenja, Hobart und Lina, die ganz vorne liefen, hatte Kindergartentante Margret erlaubt loszuspringen. Wie ausgemacht, warteten die vier Kinder an der nächsten Weggabelung und die nächste Vierergruppe durfte loslaufen. Heute war ihr Wald- und Wiesentag und die fünfzehn Kinder hatten alle ihre Matschhosen angezogen. In ihren Gummistiefeln stampften sie weiter zur Unstrut hinunter durch Matsch, Pfützen und schließlich nur noch über einen Wiesenweg. Unten am Wehr gab es für sie viel zu entdecken und die Jungs freuten sich schon darauf, Steine aufzusammeln und in den tiefen Strudel an der Staumauer zu werfen. Auf der Wiese vor dem Fluss breiteten Tante Margret und ihre Praktikantin Julia Decken aus und einige Mädchen setzten sich dort hin zum Spielen. Die meisten Kinder durften jedoch zum Fluss hinunter. Margret vertraute darauf, dass sie sich an die Regeln hielten. Aus Erfahrung wusste sie auch, dass die Kinder dort gefahrlos spielen konnten. „Erzählst Du ein Märchen?", fragte die vierjährige Emily und kuschelte sich bei ihrer Tante an der Schulter ein. „Nein Emily, wir haben heute doch unseren Wald- und Wiesentag. Aber ich erzähle Dir die Geschichte vom Maulwurf. Also, es war einmal ein kleiner Maulwurf. Als die Tage immer kürzer wurden, fragte er seine Mama: Was machen wir eigentlich im Winter?" Siehst Du mein Kind, wir Maulwürfe machen keinen Winterschlaf, wie andere Tiere, wir müssen uns Vorräte anlegen, um durch den Winter zu kommen. Wer kennt denn Tiere, die Winterschlaf machen?" Die Kinder überlegten und wollten gerade ihre Antworten heraus rufen, als von der Unstrut her plötzlich einer der Jungen herüber gerannt kam: „Tante Margret", schrie er, „da liegt einer im Wasser!" – „Ja, Jonas", rief ihm die Kindergartentante geistesgegenwärtig zu, „ich komme. Julia, pass Du bitte auf die Mädchen auf, die bleiben alle bei Dir." Sie rannte los, nahm Jonas bei der Hand und sah das Malheur von weitem schon: Die Kinder standen auf der Wehrmauer und schauten auf das andere Ufer, wo ein lebloser Körper vom Kopf bis zur Brust im Wasser lag. Bis auf die Unterhose war er nackt. Die Kindergärtnerin erkannte, dass dem Mann nicht mehr zu helfen war, nahm ihre Gruppe zusammen und führte sie vom Fluss weg. „Julia, Du nimmst jetzt bitte die Gruppe mit Dir und ihr geht zur Kita zurück. Ich rufe jetzt die Polizei an und dann Beate, dass sie euch in Empfang nimmt und ihr dann vor dem Mittagessen noch über diese Sache redet." - „Also", wandte sie sich an die Kinder, „ihr habt's gehört. Ihr geht jetzt immer zu zweit, so wie wenn wir zum Turnen gehen und dann geht's zum Kindergarten zurück." Die Jungs liefen voraus.

„Wir möchten bei Dir an die Hand, Tante Julia", baten zwei Mädchen. Und so entfernte sich die Gruppe, wie sie gekommen war, in Richtung Kindergarten.

Polizeihauptmeister Nöhring lenkte den Polizei-Jeep links in einen Feldweg und das Ermittler-Team steuerte geradewegs auf die Unstrut zu. „Ist doch gut, wenn man einen Einheimischen im Team hat", lobte Carola Henning, die neben ihm saß. „Wir hätten sonst wohl das Handy-Signal der Kindergärtnerin angesteuert." Die winkte schon von weitem, als sich das Einsatzfahrzeug dem Leichenfundort näherte. Die Ermittler stiegen aus, sahen die Leiche am Wasser liegen und Carola Henning schrie über den Fluss hinweg: „Danke, sie können nun wieder zum Kindergarten zurück gehen. Wir haben ja Ihre Personalien. Wenn wir Fragen haben, kommen wir bei Ihnen vorbei." Mit ernstem Gesicht drehte sich die Kindergartentante um und stieg die Uferböschung zur Auwiese hinauf. Jörg Schmiedeknecht hatte bereits die Kamera gezückt und machte von oben Aufnahmen vom unberührten Fundort. Carolin half dem Polizeihauptmeister, das Absperrband aufzubauen.

„Dumm nur, dass der mit dem Kopf im Wasser liegt. Sonst könnten wir vielleicht schon was sagen. Aber so?", stellte Schmiedeknecht fest. - „Da müssen unsere Techniker ran, wir würden wieder nur mehr kaputt machen", ergänzte Carola Henning.

Eine halbe Stunde später sah die Situation schon anders aus. Dr. Zollweger war es diesmal, der das Steilufer hinauf stieg. „Tja Frau Henning, nun wird es kompliziert. Der Mann hat eine Schnittwunde an der rechten Halsseite." Zellweger zeigte sie ihr auf einem Foto, das er mit seinem Tablet aufgenommen hatte. „Der Schnitt ist auch ziemlich schrundig und viel breiter, als bei den anderen Leichen, eventuell mit einer Machete oder etwas ähnlichem ausgeführt." Dann drückte der Pathologe auf die Weitertaste und das Foto einer kurz behaarten Schädelplatte kam zum Vorschein. „Sehen Sie diese Platzwunde und diese starke Hautrötung? Ich würde sagen, der hat einen Schlag auf den Kopf erhalten mit irgendeinem stumpfen Gegenstand. Ob das die Todesursache war, sage ich Ihnen nach der Obduktion. Außerdem hat der überall am Körper kleine runde Wunden."

Carola Henning machte große Augen. „Wenn Sie mich fragen: Der ist gefoltert worden, und zwar mit glühenden Zigaretten, dann hat er was über den Schädel gekriegt und zur Vertuschung wurde ihm dann der Hals aufgeschnitten. Komischerweise aber an der anderen Seite, als bei den anderen Toten. Frau Eisenhardt nimmt dem Toten übrigens gerade die Fingerabdrücke ab. Noch Fragen, oder können wir dann den Leichenwagen hierher beordern?" – „Danke Zellweger, sie haben gute Arbeit geleistet. Nun sind wir an der Reihe. Frau Eisenhardt, sind Sie soweit?" – „Ja, Frau Henning, Sie werden staunen!" Die Kriminaltechnikerin richtete sich auf, rutschte im Laufen die Hangstufe wieder hinab und kam nur mit Mühe und der Hilfe von Jörg Schmiedeknecht hinauf, der ihr die Hand reichte. „Puh! Sie werden es nicht glauben, aber wir haben den in der Datenbank! Das ist Bernhard Schrader. Den hat der Staatsschutz als V-Mann bei der Mühlhäuser NFD eingeschleust." Auch Sarah Eisenhardt hatte ein Tablet und zeigte Carola Henning die Akte mit dem Foto Schraders. - „Tja, das ändert natürlich alles." Carola Henning drückte verärgert ihre Fäuste in die Jackentasche und kickte mit dem rechten Fuß einen Stein fort.

Kapitel 16

„Meine Damen, meine Herren, wir können es kurz machen." Carola Henning hatte sich auf die Platte des vordersten Tisches gesetzt und hantierte mit einem ausgefahrenen Teleskop-Kugelschreiber herum. Auf die Pinnwand hinter sich projizierte ein Beamer Bilder der Mordopfer und die Angaben dazu. Carolin Henning bekam einen silbrigen Glanz in ihre Augen, als sie ihre Excel-Tabelle sah. Die anderen Soko-Mitarbeiter hatten sich an den Sechsecktisch gesetzt und lauschten aufmerksam. „Wir haben drei Mordopfer: Herbert Kleinschmidt, ein Pädophiler, ermordet durch Schnitt in die linke Halsschlagader, Bastian Hoffmann, verantwortlich für den qualvollen Tod eines Pferdes, eventuell der gesuchte

Pferdequäler in bislang sieben Fällen, ermordet durch Schnitt in die linke Halsschlagader, und der V-Mann Bernhard Schröder, ermordet durch einen dumpfen Schlag auf den Schädel und nachträglich verletzt, Dr. Zellweger hat uns das bestätigt, verletzt durch einen Schnitt mit einem relativ stumpfen Schneidwerkzeug an der rechten Halsschlagader. Es wurde gemutmaßt, es handle sich dabei um eine Machete. Wir werden sehen. Bei den ersten beiden Fällen sind die Tatorte bekannt. Sie liegen jeweils am Rand von Mühlhausen. Wo Schröder ermordet wurde, haben wir noch nicht ermittelt. Ebenfalls nicht, an welcher Stelle er in die Unstrut gelangte.

Kommen wir zum Täter. Mister Spurlos lässt grüßen. Wir haben bei den ersten beiden Leichen kleine Klebstoffreste an Mantel beziehungsweise Jacke der Opfer gefunden. Das war's dann auch schon, alles andere fängt mit kein oder nicht an. Das Schöne: Die beiden ersten Fälle unterscheiden sich dadurch von Fall Nummer drei. Ich denke, wir haben es nun mit zwei Tätern zu tun. So, den Kleber hat Sarah Eisenhardt natürlich gleich untersucht. Es handelt sich um Ultrahaftkleber der Marke Kletex, wie er auch für Waschmaschinen-Typenschilder verwendet wird. Sarah hat auch gleich noch bei den Herstellern von Mantel und Jacke nachgefragt. Die verwenden diese Kleber nicht. Die Übereinstimmung an beiden Kleidungsstücken spricht dafür, dass der Kleber vom Täter verwendet wurde. Was er damit angeklebt hat, wir können nur mutmaßen. So und nun seid ihr an der

Reihe. Christoph, was haben Sie heraus gefunden?" – „Also man kennt das ja vom Schlachten." Carola Henning zuckte bei diesem Begriff im Zusammenhang mit dem Mord etwas zusammen. „Die traditionelle Form des Schlachtens, bei den Muslimen ebenso wie bei den Juden, ist das Schächten. Dem Tier wird dabei die Kehle durchgeschnitten. Durch die Unterbrechung der Blutzufuhr an das Gehirn fällt das Tier sofort in Ohnmacht. Dies ist auf den Menschen übertragbar. Was mich stutzig macht: Beide Opfer wurden von vorne erstochen, es sind aber keine Kampfspuren festzustellen. Der Täter muss sehr schnell und präzise mit einem langen Gegenstand vorgegangen sein, ich vermute einmal mit einem Säbel, da die Schnittverletzung einer Säbelwunde ähnelt. Mörder wissen natürlich um die angreifbaren Stellen ihrer Opfer." Eine kurze rhetorische Pause trat ein.

„Die Kehle ist, und das kennen wir auch von anderen Säugetieren, eine der empfindlichsten Stellen. Es ist daher nicht verwunderlich, dass viele Mörder in der Vergangenheit ihren Opfern an die Kehle gingen, auch mit den unterschiedlichsten Schneidwerkzeugen. Man denke da beispielsweise auch an Soldaten. Die Einzelkampfausbildung zielt in vorderster Linie auf die Kehle des Gegenübers. Aber", Poniatowski blickte dabei in die schon leicht genervten Gesichter seiner Kollegen, „deswegen hole ich hier so weit aus, ich kenne keinen Fall, bei dem so präzise vorgegangen wurde. Es muss sich dabei um einen Meister seiner Kunst handeln."

– „Also ich denke, das war ein Arzt. Ärzte kennen sich mit Anatomie am besten aus und wissen genau, wohin sie zielen müssen und wie tief es gehen muss", platzte es aus Carolin heraus. Poniatowski blickte etwas irritiert und es war erst einmal still im Raum. Carola Henning ließ sich dadurch nicht aus dem Konzept bringen: „Poniatowski, sie waren fertig mit Ihren Ausführungen?" – Der nickte kurz und Jörg Schmiedeknecht meldete sich zu Wort: „Chef, im Fall Schröder, würde ich in der Nazi-Szene nachforschen. Das sieht mir danach aus, als wollten die Schröder mit seinem Insider-Wissen abservieren."

Eine Pause trat ein, Poniatowski schlürfte Kaffee, Kathrin Bauer blickte nach unten, als würde sie denken *Hoffentlich komme ich nicht noch dran!* Carolin verschränkte beleidigt die Arme und schaute grimmig zu ihrer Tante. Jörg Schmiedeknecht schien einfach nur auf Anweisungen zu warten. Carola Henning blickte in die Runde: „Nun, da ihr also mit Eurem Latein am Ende seid: Jörg, ich muss erst einmal die Zuständigkeiten abklären. Aber ansonsten bin ich genau Deiner Ansicht, dass der Fall Schröder nichts mit unserem Schlitzer zu tun hat. Ich würde ihn dann Dir überlassen. In der Zwischenzeit bastelst Du einen Plan dafür zusammen. Poniatowski, tragen Sie mir bitte alles zum Thema *Säbel* zusammen. Und Kathrin: Du nimmst Dir bitte meine Nichte und demonstriert ihr die Recherchemöglichkeiten der Kriminalpolizei, in diesem konkreten Fall zum Thema ‚Ärzte im Unstrut-Hainich-Kreis'. Die nächste

Lagebesprechung beraume ich für morgen um 10 Uhr ein. Und nun an die Arbeit!" Die Mitarbeiter setzten sich wieder an ihre Arbeitsplätze, nur Kathrin Bauer blieb und wandte sich an ihre Chefin: „Carola, was die Zimmer in Mühlhausen anbetrifft: Ich hab mich da an Carolin ausgerichtet. Die einzigen Zimmer mit wirklich veganem Speisenangebot habe ich in der *Pension Veronika* aufgetrieben. Leider erst ab Morgen." – „Aber das ist doch prima, Kathrin. Dann haben wir noch genug Zeit die Koffer zu packen. Wer weiß, wie lange wir hier gebunden sind?" – „Dann mach ich das mal klar. Und nun pass auf, ich hab mir aus dem Internet alles ausgedruckt. Ihr seid dann in Görmar, das ist Richtung Sondershausen. Und Du wirst erstaunt sein. Du brauchst doch immer etwas, wo Du nach der Arbeit ausspannen und Dich sammeln kannst. In der *Pension Veronika* kannst Du Dich wie zu Hause fühlen. Hat mir übrigens meine Mühlhäuser Freundin empfohlen. Ich hab für Dich und Carolin ein Doppelzimmer reserviert und eines für Poniatowski und Jörg. Ist doch okay, wenn ich bei meiner Freundin wohne?" Carolin Henning lächelte: „Na, dann rechnest Du aber für Dich wenigstens den Verpflegungskosten-Mehraufwand ab."

Kapitel 17

„So, Kollege Nöhring, nun wird's ernst." Der Streifenwagen mit Jörg Schmiedeknecht und dem Wachtmeister bog gerade rechts in die Gartenstraße ab. Schmiedeknecht hatte sich im Informationssystem der Polizei schon ein Bild des Einsatzortes gemacht. Bis hinten mussten sie zum *Braunen Haus* durchfahren.

Lange hatte die NFD warten müssen und hatte dann nach Jahren wunschgemäß doch noch ihr Domizil in einem Haus mit der Nummer 88 gefunden.

Schmiedeknecht und Nöhring mussten nicht lange suchen. Vor dem ockerbraun gestrichenen Haus stand auch der dunkelbraune VW Touareg des Kreisvorsitzenden Dirk Hamann, den sie im Fall Schröder aufsuchen wollten. Die ehemalige Kneipe hatten sich die Parteianhänger ausgebaut. Der Anbau neben der Geschäftsstelle bot Platz für Versammlungen. An der Glastür dort klingelte Jörg Schmiedeknecht. Und ein zweites Mal, als niemand öffnete. „Die Tür ist offen", bemerkte da Marcel Nöhring, Schmiedeknecht schob sie mit dem Fuß nach innen auf.

„Herr Hamann, hier ist die Kriminalpolizei, wir würden Sie gerne sprechen", rief er in den erleuchteten Raum hinein, bekam aber keine Antwort. Von der anderen Seite fiel Tageslicht in den ansonsten mit Rollläden noch abgedunkelten Versammlungsraum hinein. Die beiden

Polizisten gingen schnurstracks auf die dort geöffnete Hinterhoftür zu. „Nicht, dass der uns jetzt flöten geht!"

Schmiedeknecht hatte einen Verdacht und begann zu rennen, stoppte aber mit einem Mal: „Scheiße!" Auf dem Rasen hinter dem Haus lag eine leblose Person in schwarzem Trainingsanzug bäuchlings in einer Lache aus Blut. Unweit davon sah Schmiedeknecht auch einen großen Hund liegen. „Das gibt's doch nicht!" Auch Wachtmeister Nöhring hatte seine Sprache wieder gefunden. Schmiedeknecht beugte sich zu dem Mann und fühlte am Hals, fand aber keinen Puls. „Der ist noch warm." Schmiedeknecht nahm sein Handy aus der Jackentasche und wählte die Nummer der Landeseinsatzzentrale. „Hallo, hier Schmiedeknecht, wir brauchen die Kriminaltechnik in die Gartenstraße 88 in Mühlhausen. Wir haben dort einen Toten und einen toten Hund. Ja, ich bin hier mit Wachtmeister Nöhring von der Polizeiinspektion Mühlhausen. Wir warten hier." Sein zweiter Anruf galt Carola Henning: „Hallo Chef, ich fürchte der Fall Schröder ist wieder Deiner. Wir haben hier in der Gartenstraße 88 einen Toten, ich fürchte, dem wurde auch die linke Halsschlagader aufgeschlitzt. Ich hab die KT schon alarmiert. Nöhring und ich warten hier. Gut, bis dann."

Jörg Schmiedeknecht legte auf und schaute sich um. Irgendetwas kam ihm Spanisch vor. Über die Rasenfläche zog sich eine Radspur, die stellenweise tief eingefurcht war. Schmiedeknecht folgte der Spur und konnte sie auch hinter dem Gartentörchen ausmachen, und auf der dort anschließenden Böschung zur Unstrut hin. *Die geht ja sogar ins Wasser!*, dachte er bei sich. Er rannte den Weg zurück ohne auf die Spur zu treten, spurtete fast an dem verdutzt dreinblickenden Wachtmeister vorbei und entdeckte dann in dem Schuppen am Rand eine Schubkarre. Sofort hatte er sein Smartphone wieder in der Hand, stellte die Taschenlampen-Funktion ein und beleuchtete die Karrenmulde. Er grinste zufrieden, als er an einem Riss am Rand einen kleinen, blaurot gestreiften Textilfetzen entdeckte. Schmiedeknecht nahm sein Handy und drückte die Wiederwahltaste: „Hallo Chef! Ich denke, ich bin im Fall Schröder auch weiter. Wir brauchen dringend einen Haussuchungsbefehl. Ich hab im Fall Schröder einen Tathinweis gefunden, jetzt können wir das ganze braune Haus auf den Kopf stellen."

Kapitel 18

Tränen rannen über Alfreds Wangen. Den Kopf zwischen den Händen verborgen, saß er bei seiner Mutter am Küchentisch. „Ich musste das doch tun!", jammerte er. „Diese Dumpfköpfe wissen doch gar nicht, worum es geht!", schimpfte er. „Zum Glück hat gestern Abend gleich das Fernsehen von diesem Nazi-Streich berichtet! Dahinter konnte doch nur Dirk Hamann stecken. Dann konnte ich noch schnell eingreifen! Ich wusst's genau, wenn der seinen bescheuerten Köter nicht mehr bellen hört, kommt der doch raus. Der hat vielleicht blöd geguckt, als er seinen Stafford Terrier da tot liegen sah. Dann war's aber auch schon zu spät für ihn. Ratsch hat's gemacht und aus und Ende!" Er schaute zu seiner Mutter auf: „Stimmt, da hast Du eigentlich Recht!" Sein Gesicht erhellte sich. „Der hat es genauso verdient, wie die anderen auch. Mit seinen Hasstiraden auf Asylsuchende war der nicht viel besser! Und ich wette, der und seine braunen Kameraden stecken auch hinter dem Brandanschlag auf Obermehler. Nun ist der auch entschärft, und wer war's: Ich! Eigentlich ein guter Schachzug von mir!" Aufrecht, wie ein preußischer Schütze, stand Alfred wieder da, ging kurz um den Tisch herum, gab seiner Mutter einen Kuss auf die Wange und verabschiedete sich in seinen Hobbykeller. „Auf in den Kampf, Toreeero", stimmte er auf der Kellertreppe an.

Kapitel 19

„Gratuliere Jörg!" Carola Henning, mit Ihrer Nichte Carolin im Schlepptau, betrat, wie die anderen sieben Polizeibeamten auch, durch das Gartentörchen das Gelände des *Braunen Haus*. Beide klatschten mit den Händen zusammen. „Reiner Zufall, Chef, reiner Zufall", wiegelte Jörg Schmiedeknecht ab und begann mit seinem

Bericht. „Diese Spur dort hat mich stutzig gemacht." Schmiedeknecht deutete auf die eingetiefte Reifenspur im Rasen, neben der immer noch der Hund lag. „Das dazu passende Fahrgerät, eine Schubkarre, fand ich dort im Schuppen. Wir haben an der Mulde nicht nur ein Stück von Schröders Boxer-Shorts gefunden, sondern auch Blutspuren und jede Menge Fingerabdrücke. Im Keller haben die Kollegen dann eine wahre Schreckenskammer entdeckt, eine Art Verließ. Dort haben sie Zigarettenasche eingesammelt, Blutspritzer gefunden und wieder Fingerabdrücke gesichert. Ich denke, mein Fall nähert sich damit der Klärung." Jörg Schmiedeknecht grinste über beide Backen. „Ich gehe davon aus, dass Schröder in diesem Verließ gefoltert wurde. Als die ihn entlarvt haben, hat ihm jemand einen Schlag auf den Schädel gegeben. Vielleicht ohne Tötungsabsicht. Ich denke aber, dass er schon tot war, als er auf die Schubkarre gepackt und dann in die Unstrut gekippt wurde. Zur Verschleierung hat ihm dann jemand die Kehle aufgeschlitzt. Die Kollegen suchen im Wasser noch nach Blutspuren. Was uns fehlt, das sind die Waffen. Ich kenne da aber einen Trick." Schmiedeknecht holte eine Plastiktüte mit einem Smartphone aus seiner Jackentasche. „Nun pass mal auf Chef, das ist das Handy von Dirk Hamann mit einer What's-App-Gruppe von fünf Personen. Ich vermute mal den inneren Kreis der NFD-Anhänger. Ich gebe jetzt ein: ‚Hausversammlung heute 19.30 Uhr'. Mal sehen, wer da alles kommt." Carola Henning legte ihre Stirn in Falten:

„Na, da haben wir heute Abend ja noch was vor, Jörg."
Und Schmiedeknecht: „Dein Fall liegt übrigens da
drüben." Schmiedeknecht zeigte mit einer Kopfdrehung
auf die Leiche von Dirk Hamann, die mittlerweile auf den
Rücken gedreht worden war. Carolin war bereits vor
gelaufen und stand fasziniert daneben. „Tantchen, guck
Dir an, wie groß der Blutfleck ist. So sieht das also aus,
wenn ein Schwein ausblutet." Carolin Henning streckte
angewidert die Zunge raus. „Carolin, was ist denn mit Dir
los? Ich dachte Du kannst kein Blut sehen?" – „Ich weiß
auch nicht, aber ich glaub, ich hab mich daran gewöhnt."
Vollkommen in einen hellblauen Overall gehüllt trat in
diesem Moment eine junge Frau aus dem Haus. „Dr.
Zellweger ist schon wieder weg, Frau Henning." – „Frau
Eisenhardt? Ich hätte Sie so gar nicht erkannt." Carola
Henning wunderte sich, wie anders die Blondine doch
aussah, wenn sie ihr Haar unter der Kapuze hat. „In Sachen
Schröder gibt es heute hier viel zu tun, haben Sie schon die
Folterkammer gesehen?" – „Nein, das überlasse ich voll
meinem Kollegen. Mich interessiert hier dieser Mann."
Auch Carola Henning deutete nur mit einer Kopfdrehung
auf den Toten. „Die linke aufgeschlitzte Halsseite deutet
auf unseren Serientäter hin." – „Ja, dieselbe Seite, derselbe
glatte Schnitt. Ansonsten leider keine Spuren." Mit einem
Bedauern im Gesicht zuckte Sarah Eisenhardt mit ihren
Schultern nach oben. „Interessant wird es aber am Hund."

Im Kreis standen die drei Frauen nun um den toten
Terrier herum. Sarah Eisenhardt ging in die Knie und

drehte den Kopf des Tieres nach oben. Ein großes Loch in der Stirn war zu erkennen. „Bolzenschussgerät, aber ganz schönes Kaliber. Wahrscheinlich, wie man's für Rinder einsetzt. Das könnte den Täterkreis natürlich stark eingrenzen." – „Ganz schön mutig der Typ, wenn er dem Tier im Hochspringen das Schussgerät aufsetzt", meinte Carolin. „Oder sehr schnell", ergänzte ihre Tante. „Der Täter hat den Hund damit überrascht. Und er war durch das Gartentor geschützt. So ein Bolzenschießer ist natürlich auch sehr handlich und passt in jede Jackentasche. Und leise. Der Fall wird immer seltsamer. Das heißt, nun können wir auch die Schlachter alle aufs Korn nehmen." Carola Henning blickte besorgt. „Frau Eisenhardt, haben Sie vom Hund auch eine DNA-Probe genommen?" – „Stimmt, das hätte ich fast vergessen!" Sarah Eisenhardt holte ein Probenröhrchen, zupfte von der Hundeleiche ein paar Haare ab, verschloss und beschriftete es. - „Carolin, für uns gibt es hier nichts weiter zu tun." Carolin Henning winkte ihre Nichte heran und beide fuhren zur Polizeiinspektion zurück.

Kapitel 20

„Oh, herzlich willkommen!" Eine Frau mit mittelblonden Locken in blauem Wollkleid mit weißem Spitzenkragen öffnete Carola und Carolin Henning die Tür. „Das konnten ja nur meine Kommissarinnen sein. Ich bin Veronika

Schabowski. Aber treten Sie doch ein." – „Guten Tag." –
„Sie möchten bestimmt gleich das Zimmer sehen. Dann
kommen Sie doch bitte mit."

Die drei Frauen stiegen im terracottafarbenen
Treppenhaus eine helle Holztreppe ins erste Stockwerk der
Pension Veronika hinauf. Mit einer Handbewegung
geleitete die Wirtin ihre neuen Gäste in ein geräumiges,
lichtdurchflutetes Zimmer mit hellem Doppelbett. „Ich
habe Ihnen das Zimmer *Salamander* reserviert, die
Kollegen bekommen nebenan Zimmer *Wildkatze*. Zum
Abendessen kommen Sie dann bitte um 18 Uhr in den
Wintergarten. Und wenn Sie noch etwas benötigen, ich bin
unten im Haus." Mit einem freundlichen Lächeln
verabschiedete sie sich. Die Hennings lächelten zurück,
Carola Henning ließ sich etwas ermattet erst einmal in den
breiten Korbsessel fallen, ihre Nichte genoss den Ausblick
aus dem Doppelfenster auf die grünen Wiesen in der
Unstrutaue. „Na, Carolin, jetzt siehst Du mal, wie turbulent
das bei uns auch mal zugehen kann. Bei mir wird's
nachher aber noch mal richtig knistern. Da möchte ich
Dich jedoch nicht dabei haben. Ich hab Deinen Eltern
versprochen, dass Du außen vor bleibst, wenn es gefährlich
wird. Am besten, Du ruhst Dich hier aus." – „Tantchen!"
Carolins Blick verengte sich und ein ernstes Funkeln in
ihren Augen signalisierte, dass Carola Henning zumindest
in ein kleines Fettnäpfchen getreten war. Aber: „Mein
Smartphone hat mich darauf aufmerksam gemacht, dass
hier heute Zumba ist. Ich werd mich mal wieder richtig

auspowern! Okay?" – Carola Henning blieb der Mund offen, so überrascht war sie.

Zwei mittelalte Ehepaare saßen schon im Wintergarten. Sie hatten sich über die Schlachteplatte hergemacht, die Ihnen der Wirt aufgetischt hatte, und sich dazu dunkles Bier eingegossen. Carola und Carolin Henning setzten sich an den Vierertisch in der gemütlichen Ecke, der durch große Blattpflanzen und ein Aquariumbecken von den übrigen Tischen ein wenig abgeschottet war. Carolin hatte sich schon ein grell-buntes Sportdress angezogen. Carola Henning hatte sich auf den bevorstehenden Einsatz mit schwarzer Stretch-Hose und grauem Troyer vorbereitet. Gleich danach erschien auch Veronika Schabowski, die sich eine weiße Spitzenschürze übergebunden hatte, im Türrahmen. Auf einem Holztablett trug sie zwei Suppenteller mit Blumendekor. „Eine Karottencreme als Vorsüppchen, die Damen", kündigte sie mit einem Lächeln den Beginn des Abendessens an. Mit großem Appetit löffelten die beiden Hennings los. Als sie auch das Curry mit Cashew-Nüssen und Räuchertofu hinter sich hatten und zum Nachtisch ein Grapefruit-Bananen-Smoothie, setzte sich die Wirtin noch zu ihnen an den Tisch. „Ach, Frau Henning, ich liebe ja Krimis!", begann sie gleich das Gespräch. „Ich schau mir nicht nur gern die Tatort-Krimis im Fernsehen an, nein." Veronika Schabowski deutete auf einen verschnörkelten Bücherschrank an der Hauswand: „Meine Gäste können hier Krimis lesen, und einmal im

Jahr veranstalte ich auch eine Bücherlesung mit Musik bei uns im Garten. Dann kommt immer ein aktueller Krimi-Autor zu uns und dann wird alles mit Fackeln und Laternen in ein schauriges Licht gehüllt. Aber echte Kommissare hatte ich noch nie in meiner Pension." – „Ja, Frau Schabowski, der Mühlhäuser Serienmörder hält uns leider sehr in Atem. Wir tappen, das sage ich aber nur Ihnen, ganz schön im Dunkeln. Heute hat der mit großer Wahrscheinlichkeit sogar einen Hund getötet. Mit einem Bolzenschussgerät." – „Ach, das ist ja traurig. Mein Mann und ich haben ja auch zwei Dackel, Rosi und Camilla. Die haben wir aber nicht hier in der Pension, wegen der Allergiker, wissen Sie? Mit einem Bolzenschussgerät, sagten Sie. Warten Sie mal." Veronika Schabowski drehte sich in Richtung Küche: „Winfried, komm doch mal!" Winfried Schabowski erschien in Kochschürze und mit Kochmütze im Wintergarten. „Winfried, sag mal, Du hast doch von Opa Konrad noch den alten Bolzenschießer, bring den doch mal her." Winfried Schabowski machte kehrt und kam nach einer Weile mit einem langen Metallgegenstand wieder. „Mit dem schlachten wir heute noch. Einmal im Jahr wird bei uns warm geschlachtet. Das schmeckt am besten. Beim Schwein setzt man den Schießer zwischen den Augen an und drückt ab. Die Patrone treibt dann den Bolzen an. Der wird im Lauf durch Gummi gestoppt und schlägt dem Tier mit großer Wucht an die Stirn. Das ist betäubt und wir können das aufschneiden und erst einmal bluten lassen. Wozu brauchen Sie den denn?" – „Weißt Du Winfried", erklärte ihm seine Frau, „die Kommissarin hat gerade erzählt, dass der Mühlhäuser Schlitzer damit jetzt auch einen Hund getötet hat." – Winfried Schabowski blickte traurig zu Boden: „Der macht auch vor gar nichts Halt. Dann hat er aber einen starken Bolzen genommen, wenn der Hund gleich tot war!?" Und nach einer Pause: „Wissen Sie, Frau Kommissarin, so ein Ding kann sich heute doch jeder kaufen, ein Wunder, dass damit noch keiner gemordet hat." – Carola Henning ging enttäuscht mit den Mundwinkeln nach unten und sagte mit einem Blick auf ihre Nichte: „Tja, dann werden wir uns wohl an den Handel wenden müssen. Vielleicht ist ja ein solches Gerät nach Mühlhausen verkauft worden." Sie warf einen Blick auf ihre Armbanduhr. „So, ich muss los, Schmiedeknecht wartet bestimmt schon. Carolin, viel Spaß bei Deinem Zumba!" Carola Henning drückte feixend ihr linkes Auge zu und stand auf. „Ich muss erst in einer halben Stunde fort, Frau Schabowski hat mir ein Fahrrad geliehen." - „Bis dann", rief ihr die Tante zu und ging mit eiligen Schritten in die Diele.

Kapitel 21

„Sag mal Heinz, weißt Du, was das heute soll?" Rundes Gesicht, nur ein wenig heller Flaum auf dem fast kahlen Schädel, schwarze Bomberjacke und Trainingshose mit weißen Längsstreifen, die Fäuste in den Jackentaschen, so stand Kurt in dem kleinen Versammlungsraum. „Der Dirk wird das schon wissen. Weißt doch, wie schnell das geht. Obermehler hat er doch auch am Abend befohlen. Und dann Ramba Zamba!" Heinz in seinen braunen Sachen und in schwarzen Stiefeln, sah neben dem grobschlächtigen Kurt eher wie ein zünftiger Jäger aus. „Heil Hüller die Herren!" Uwe, Heiko und Stefan traten nun durch die Glastür. - „Wo ist Dirk", fragte Uwe, der mit einem Blick feststellte, dass der Kreis-Vorsitzende nicht da war. Uwe und Kurt legten einander die Oberarme um den Nacken zur Begrüßung. „Und, Kurt, Knüppel aus dem Sack oder lassen wir den roten Hahn wieder krähen?" – „Hohoho!", lachte der schallend. „Nee, den Knüppel hab ich erst mal zu Hause gelassen. Weißt doch, wie das bei dem Verräter war, ein Schlag und der war hin. Konnt ja nicht wissen, dass der so'n Weichei ist!" – „Hohoho!" Nun war es Uwe, der wie über einen guten Witz lachen musste.

- „So, Freunde, das reicht für eine Festnahme", rief auf einmal Jörg Schmiedeknecht in die Runde hinein!"

– „Scheiße, die Bullen!", riefen alle fünf Männer gleichzeitig, waren aber schon umzingelt von acht mit

Maschinenpistolen bewaffneten, maskierten Polizisten des Sondereinsatzkommandos.

- „An die Wand und Beine auseinander, Hände schön nach oben", rief der Leiter des Kommandos. Dann ging alles ganz schnell. Die Männer wurden nach Waffen durchsucht und bekamen erst einmal Handschellen an.

- „Meine Herren!" Schmiedeknecht hatte sich hinter den fünf Männern aufgebaut und bediente sie mit seinem kantigen Befehlston: „Sie werden der Bildung einer terroristischen Vereinigung bezichtigt, sowie diverser Straftaten. Darunter: Brandstiftung, gefährliche Körperverletzung, Freiheitsentzug, sowie Mord und Vertuschung einer Straftat. Die Spurenlage ist eindeutig. Es hat keinen Sinn die Taten abzustreiten. Wir nehmen Sie erst einmal in Gewahrsam. Die Details klären wir dann auf der Wache." Und zu den Einsatzkräften. „Sie können die Herren jetzt abführen."

Mit gesenkten Köpfen und ohne Widerstand zu leisten folgten sie den vermummten Polizisten nach draußen, wo schon ein silbergrauer Mercedes Atego mit Erfurter Kennzeichen bereit stand. Jörg Schmiedeknecht blickte zu seiner Chefin und kniff sein linkes Auge zu. Carola Henning klopfte ihm anerkennend auf die Schulter: „Jörg, das riecht nach Beförderung!"

Kapitel 22

„So, und nun gebt Ihr noch mal alles!" Heiße brasilianische Trommelrhythmen ließen die Hallenwände des Sporthotels erzittern und dreißig Fäuste flogen dazu hoch, dreißig Becken kreisten und dreißig Zumba-Frauen machten Ausfallschritte nach links und nach rechts. Martha hatte sich vor einem schwarzen Ghetto-Blaster aufgestellt und tanzte ihren Schülerinnen vor. Mit einem breiten Lächeln zeigte sie ihnen, wie stolz sie auf die Frauen war, die sich nun im Einklang mit der Musik schwingen ließen und dabei die Arme nach unten stießen, um sie im selben Moment schon wieder nach links und rechts auszuschütteln. Nass geschwitzt und mit euphorischem Lachen verabschiedeten sie sich dann in die Umkleide.

- „Danke, dass ich bei Euch heute so unkompliziert mitmachen konnte", sagte Carolin im Vorbeigehen und erhaschte zum Abschied noch ein ermutigendes Lächeln der Trainerin. Die Umkleide war schon angefüllt vom Dunst der Frauen und vom Dampf, der aus der Dusche herüberkam. Carolin war glücklich. So viel Bewegung hatte sie seit Tagen nicht gehabt und unter den vielen fröhlichen Frauen fühlte sie sich pudelwohl. Unter der Dusche spülte sie sich alle Restanspannung ab, die sie bei der Polizeiarbeit in den vergangenen Tagen aufgebaut hatte.

- „Sabine?", bat eine Frau, die neben ihr duschte ihre Freundin. „Können wir heute zusammen nach Hause gehen, ich hab solche Angst wegen dem Schlitzer!" –

„Na klar gehen wir zusammen. Aber ich glaube, vor dem brauchen wir uns nicht zu fürchten." Beide Frauen knoteten sich ihre Duschtücher um und gingen zum Abtrocknen in die Umkleide, Carolin unauffällig hinterher. Dieses Thema interessierte sie doch brennend. „Du kennst doch die Melanie. Die hat hier mal Karate mitgemacht. Da war ein Typ dabei, der hat lauter wirres Zeug geredet. Der wollte alle Verbrecher killen, die die Polizei hat laufen lassen, oder so. Dem war der Kurs im Sporthotel dann zu easy, dann isser wieder raus. Ich weiß nicht, was der jetzt macht, müsst ich mal Melanie fragen. Bloß seit die mit diesem Reinhold zusammen ist, bekommt man die auch nicht mehr zu Gesicht. Ich gehe aber jede Wette ein, dass dieser Typ zu so was fähig ist." – „Du kommst doch trotzdem noch mit zu mir!? Ich hab auch einen Prosecco kalt stehen!" – Sabine schenkte ihrer Freundin ein warmes Lächeln und drückte ihr einen Kuss auf die linke Wange. „Klar, Miriam, ich lass Dich jetzt nicht im Stich!"

Carolin hatte sich auch wieder längst in Jeans, Shirt und Jacke geworfen und die Haare mit einem Stirnband aus dem Gesicht gebunden. Mit dieser Neuigkeit wollte sie so schnell als möglich ihre Tante überraschen. Draußen schwang sie sich auf das Mountainbike aus der Pension und raste bergab in Richtung Innenstadt. Geradewegs schoss sie die Wanfrieder Straße hinunter und erwischte an der Kreuzung eben noch das Fußgängergrün. Auf demselben Weg, den sie gekommen war, raste sie die Felchtaer Straße entlang und dann vorbei an der von Scheinwerfern hell erleuchteten Divi-Blasii-Kirche in die Erfurter Straße. Der Fahrtwind ließ ihre Haare waagerecht nach hinten wehen. So viel Spaß hatte sie nicht gehabt, seit sie in Mühlhausen angekommen war. Am Kiliansgraben bog sie dann auf den Radweg ab. *Kein Verkehr*, freute sie sich und raste weiter. Plötzlich hatte sie einen Radfahrer neben sich. Aber auch nicht lange. Der Kerl war so schnell unterwegs, dass er Carolin gleich überholt hatte. Die bekam so einen Schrecken, dass sie erst einmal beide Bremshebel drückte. Von hinten erkannte sie nur noch, dass der wilde Radler ganz in Schwarz gehüllt war, da war er auch schon über die Ampel am Kreuzgraben im Dunkel des Abends verschwunden. *Was war das denn gerade?*, dachte sie irritiert und fuhr sichtlich langsamer weiter.

Kapitel 23

Hmmm, Blumenkohl-Linsen-Pfanne, die sieht aber gut aus! Carolin hatte sich schon ihren Schlafanzug angezogen und saß mit angewinkelten Beinen auf ihrer Seite des Doppelbettes. Die Pension hatte kostenloses WLAN. Carolin hatte ihren Tablet-Computer ausgepackt und schaute bei Pinterest.com noch nach den neuesten veganen

Rezepten. *Oder Quinoa-Pfanne mit Brokkoli und Kichererbsen, auch nicht schlecht. Vielleicht können wir das mal kochen, wenn wir wieder in Nordhausen sind.*

Da ging die Türklinke runter und mit einem Ruck an der Tür, die offenbar ein wenig am Teppichboden klemmte, trat ihre Tante ins Zimmer. „Hui, das war vielleicht eine Aktion!" Carola Henning war noch ganz aufgekratzt. Das war nicht einfach, diese braunen Krawallbrüder in den 815er zu packen. Die sitzen erst mal ein. Hat Jörg klasse gemacht! Jetzt hat er endlich seinen Fall für die Beförderung. Wenn er morgen nicht die Befragungen verpatzt, wird das wohl glatt gehen." Carola Henning setzte sich breitbeinig auf einen der beiden Stühle. „Mir macht nur der Schlitzer Sorgen. Wir haben immer noch keine brauchbare Spur!" Ihr Gesicht legte sich in ernste Falten.

Carolin, die bisher aufmerksam zugehört hatte, legte ihr Tablet zur Seite und stützte ihren Kopf auf den Knien ab. „Vielleicht muntert Dich das etwas auf, Tantchen: Beim Zumba haben zwei Frauen über den Fall gesprochen. Die Eine meinte, den Schlitzer zu kennen, weil der mit ner Freundin Karate gemacht hat. So'n Typ, der Verbrecher verfolgen wollte." Carola Henning lehnte ihren Kopf nun auf ihre Unterarme, die sie auf der Stuhllehne abgestützt hatte. „Und weißt Du was, eben ist mir was ganz Komisches passiert. Ich bin doch mit dem Rad zur Pension zurück. Plötzlich war da einer neben mir, ganz in Schwarz mit ner Sturmhaube auf, oder so. Der war so schnell, als wäre der Teufel hinter ihm her. Das war der, ich schwör's Dir!"

Carola Henning rollte mit den Augen: „Carolin, ich glaub, Du siehst schon Gespenster." Carola Henning stand auf und begann sich umzuziehen. Carolin rann eine Träne über die Wange: „Weißt Du was? Du kannst mich mal!", schrie sie und drehte sich in ihre Bettdecke. Nun hatte sich Carola Henning auch in ihr weinrotes Negligé geworfen, öffnete die Minibar und entdeckte dort ein Fläschchen *Tullamore Dew*. Mit dem Whiskyglas am Tisch machte sie sich auf einen Zettel noch Notizen. „Is ja gut!", sprach sie etwas genervt in den Raum hinein, ohne vom Tisch aufzuschauen. „Du kannst dem Hinweis ja mal nachgehen." Von Carolin, die ihr Kissen in den Armen hielt, kam jedoch keine Antwort.

Kapitel 24

„Unser dritter Fall weicht jedoch davon ab."

Carola Henning hatte zu Beginn der Lagebesprechung die ersten beiden Fälle zusammengefasst und blickte kurz noch einmal auf ihren Spickzettel, bevor sie weiter redete. „Der Mord an Dirk Hamann trägt zwar dieselbe Handschrift, es gibt jedoch einen Unterschied: Ich weiß, Kollegen, die Beweissituation stellt sich mehr als dürftig dar, aber in diesem Fall wurden keine Kleberreste gefunden."

Poniatowski hatte die Beine unter das Tischesechseck ausgestreckt und ließ seinen Stift von unten nach oben durch die Finger gleiten. Kathrin Bauer schaute betreten nach unten, Wachtmeister Nöhring saß aufrecht da, spielte aber mit seiner Mütze. Carola Henning fuhr fort: „Ich habe nachgedacht. Zwei Straftäter werden umgebracht. Klingt das nicht nach Selbstjustiz? Das einzige an den Leichen, das vermutlich vom Täter stammt, sind Kleberreste, als hätte er etwas angeklebt und nach der Tat wieder mitgenommen. Der dritte Mord passierte, nachdem wir Schröders Leiche aus der Unstrut gezogen hatten, zu Tode gekommen durch einen dumpfen Schlag auf den Schädel. Kollege Schmiedeknecht führt gerade die Befragungen durch. Später werden wir mehr zu diesem Fall wissen. Schröders Mörder haben jedoch versucht den Fall zu vertuschen: Durch einen Schnitt in die Kehle wollten sie den Fall dem Schlitzer zuschieben. Wie muss sich der gefühlt haben, als er von diesem Mord erfuhr. Leider hat der Rundfunk davon Wind bekommen und gleich am selben Abend noch berichtet. Ich gehe mal davon aus, dass der Schlitzer die Sendung mit verfolgt hat. Also, wie muss er sich gefühlt haben?" Poniatowski blickte gespannt seine Chefin an. „Wenn sich einer solche Mühe gibt, Morde zu begehen ohne Spuren zu hinterlassen, der muss sich doch ärgern, wenn ihm dann einer so dilettantisch in die Suppe spuckt!? Da ich von jemandem sehr Intelligentem ausgehe, wird der auch gleich einen Schuldigen dafür parat gehabt haben: Dirk Hamann als Kreischef der Nationalen. Wir kennen alle sein provokantes Auftreten und seine beleidigenden Äußerungen."

Poniatowski, der nicht aus Mühlhausen kam, blickte fragend auf, doch Carola Henning fuhr fort: „Da wir keine Kleberreste an Hamanns Kleidung gefunden haben, gehe ich von einer spontanen Aktion des Schlitzers aus. Da hat er wohl in Panik gehandelt. Und die Sache mit dem Bolzenschussgerät? Den Hinweis hat mir Nöhring vorhin gegeben: Hamann war meistens mit seinem Hund unterwegs, das wusste jeder in Mühlhausen. Schwarze Hose, schwarze Jacke, schwarze Stiefel, dunkle, gescheitelte Haare und immer seinen Terrier dabei. Als Vorzeige-Nationaler zeigte er auf dem Steinweg gerne stilgerecht Präsenz der Rechten. Nöhring, habe ich Sie richtig wiedergegeben?" Der Wachtmeister nickte kurz. „Ihre Frage, Christoph, durfte damit auch beantwortet sein." Der war leicht erschrocken: „Ja, ja, Chef, fahren Sie fort!"

- „Unser Mörder traf also Vorkehrungen und nahm den Bolzenschießer mit. Der ist handlich und leise." In diesem Moment kam Carolin durch die Tür.

Sie wollte nicht mit ihrer Tante kommen und war mit dem Fahrrad hinterher gefahren. Sie warf ihr einen bitterbösen Blick zu und setzte sich an ihren Arbeitsplatz. Carola Henning blickte mit leeren Augen kurz zurück und fuhr fort: „Außerdem haben wir einen Hinweis aus der

Bevölkerung, dass es in Mühlhausen eine Art Rächer gibt, einen Mann, der, ich zitiere „alle Verbrecher killen wollte, die die Polizei hat laufen lassen".

- „Das hat die von mir!", grummelte Carolin leise in sich hinein.

– „Was uns fehlt ist eine Täterbeschreibung. Wenn wir wüssten, wie der aussieht, wären wir fast am Ziel. Ich selbst werde gemeinsam mit meiner Nichte dieser Spur folgen." Dabei fiel ein zweiter ausdrucksloser Blick auf Carolin. „Welche Waffe bei den Morden zum Einsatz kam, darüber verschafft uns nun hoffentlich Poniatowski Klarheit." Der schien offenbar zu träumen. „Poniatowski, Ihr Part!", wurde Carola Henning laut. Poniatowski schaute auf und beide wechselten die Plätze. Der gab sich wie gewohnt ausgesprochen tiefenentspannt und begann mit seinem Referat:

„Liebe Kollegen, im Fall „Mühlhäuser Schlitzer" sind die Wunden aller Toten auffallend ähnlich: Horizontal durch ein Schneidwerkzeug zugefügt, dabei ausgesprochen glatt und präzise von vorne in den Hals der Opfer geschnitten, jeweils etwa 3 Zentimeter tief und 5 Zentimeter lang. Jeweils wurde dabei die linke Halsschlagader durchtrennt und eine sofortige Ohnmacht herbeigeführt mit anschließendem Ausbluten. Ich habe den Verdacht geäußert, dass auf Grund dieser Merkmale ein scharfer Säbel zum Einsatz kam. Der Angriff muss schnell und überraschend geführt worden sein, da es nicht zur Gegenwehr kam, wir hätten ansonsten eine andere

Spurenlage. Es muss sich deswegen um einen geübten Kämpfer gehandelt haben.

Nun zur Waffe: Säbel weisen eine Krümmung auf im Gegensatz zu Schwert und Degen. Verletzungen erfolgen also nicht durch eine frontal geführte Stich-, sondern eine horizontal geführte Drehbewegung. Säbel kommen aus dem indisch-persischen Kulturraum und wurden, zusammen mit Pfeil und Bogen als eine sehr effektive Schlagwaffe der Reitervölker mitgeführt. Im Nahkampf konnten dabei gegnerischen Reitern, aber auch Fußvolk mit einem Hieb Extremitäten abgetrennt werden, ohne die Waffe dabei zu verlieren."

Poniatowski zeigte zur Veranschaulichung Bilder von Kampfszenen, verschiedenartigen Säbeln und Wunden, die durch Säbelhiebe entstanden.

„Der glatte, schnelle und präzise Schnitt in den Hälsen unserer Opfer, der Überraschungsangriff des Täters ließen mich jedoch an etwas ganz anderes denken." Und hier begannen Poniatowskis Augen zu leuchten, der offenbar einen genialen Einfall gehabt hatte. „Die besten Messer und Schwerter kommen aus?", stellte er als Frage in den Raum. - „Japan?" Kathrin Bauer hatte als Schnellste diese Antwort parat und alle blickten sich um. „Ich lad Euch auch mal wieder zum Sushi ein", beschwichtigte sie.

– „Genau." Poniatowski schenkte Kathrin Bauer ein Lächeln. „Dasselbe gilt auch für Schwerter. Und die Kampftechniken. Ich brauche nur das Stichwort ‚Samurai' zu nennen, dann macht es auch bei Euch ‚Klick'. Zur

Kampftechnik der Samurai gehört Körperbeherrschung, aber auch Schnelligkeit. Und wer von den Samurai konnte sich am besten unerkannt an seine Gegner herantrauen? Das waren die Ninjas. Jeder Junge weiß heute, was Ninjas sind."

Poniatowski warf ein Bild eines schwarz gekleideten und vermummten japanischen Kämpfers in Aktion auf die Leinwand.

– „Ich werd verrückt!", kam es da aus dem Hintergrund. Das war Carolin: „Genau so einen Typen hab ich gestern doch gesehen!" Sie klang dabei fast beleidigt und alle blickten nun zu ihr.

Poniatowski fuhr fort: „Ninjas waren dazu ausgebildet, besonders unauffällig zu agieren, leise, blitzschnell und unerkannt. Ideale Auftragsmörder und Spione. Einige Ninjas haben es in Japan sogar zum Volkshelden gebracht. Aber das kennt man ja, ich sage nur „Zorro" und „Robin Hood". Das waren ja in unserem Kulturraum im Kampf ebenso flinke Figuren, die den Mächtigen ganz schön zugesetzt und dem kleinen Mann im Volk geholfen haben." Knisternde Spannung erfüllte nun den Raum. „Und nun zu den Waffen."

Poniatowski klickte weitere Bilder durch: „*Katana*, das Schwert der Samurai, man beachte die leichte Krümmung. *Ninja-Machete*. *Shikomizue*, das ist ein leicht gekrümmtes Schwert, das eine Scheide hatte, die wie ein Gehstock aussieht, also ganz unauffällig."

Carola Henning war beeindruckt: „Vielen Dank, das gibt unserer Arbeit natürlich eine ganz andere Richtung. Und wie wir eben gehört haben", Henning blickte wieder ihre Nichte an „gibt es solche Typen also auch in Mühlhausen. Kathrin, wie weit sind wir in Sachen ,Ärzte'?"

– „Am Anfang, Carola. Ich habe mir vom Gesundheitsamt eine Liste geben lassen. Das sind ja nicht nur niedergelassene Ärzte mit eigener Praxis. Dazu zählen ja auch alle Klinikärzte und die Amtsärzte. Ich komme insgesamt auf 235. Da sind Ärzte im Ruhestand noch nicht einmal dabei. Bei der Suche habe ich mir erst einmal diejenigen Ärzte mit Wohnsitz in Mühlhausen vorgenommen. Dreißig habe ich jetzt überprüft, bislang jeder mit einem Alibi für die jeweilige Tatzeit. Ich bleib aber dran."

– „Das war mir klar, dass das eine aufwändige Geschichte wird", bedauerte Carola Henning. „Wir gehen nun also folgendermaßen weiter vor: Poniatowski, Sie schauen mal, wie weit Jörg ist und gehen ihm bei den Verhören zur Hand. Kathrin, Du machst mit den Ärzten weiter, Carolin und ich kümmern uns um die Täterbeschreibung. Nöhring, Sie stellen uns bitte zusammen, wo man hier überall Kampfsport betreiben kann und welche Arten. Und eventuell auch noch die Namenslisten der Trainer und Kursteilnehmer."

Carola Henning ging auf Carolin zu: „Freunde?" Carolin blickte missmutig und Carola Henning nahm sie in den Arm. – „Na gut!"- „Dann ruf mal bitte Deine Kursleiterin von gestern an und bitte sie um die Namen und Adressen der beiden Damen aus ihrem Kurs, von denen Du den Tipp hast."

Kapitel 25

Am Blobach bog Carola Henning mit dem Polizei-Opel, der ihr diesmal zur Verfügung gestellt wurde, vom Bastmarkt ab. Das Fahrzeug ratterte auf dem Kopfsteinpflaster unter dem Frauentor durch in die Herrenstraße. Diesen Teil der Mühlhäuser Altstadt hatte Carolin noch nicht gesehen. Sie erhaschte kurz einen Blick in die Holzstraße. „Das sind ja schnuckelige Fachwerk-Häuschen", begeisterte sie sich. Am Abzweig zur Spiegelsgasse war noch ein Platz frei und Carola Henning stellte das Fahrzeug ab. Die beiden Frauen stiegen aus. Carola Henning deutete auf die schmale, leicht bergab laufende Gasse, die von der Herrenstraße abzweigte: „Hier war der Spiegelsgassenmord, den wir kürzlich wieder aufgerollt haben." – „Ah!", Carolin blickte kurz das Gässchen hinunter. „Die Häuschen sind ja noch niedlicher!", fand sie.

Beide gingen hintereinander den schmalen Bürgersteig der Herrenstraße entlang. „Hier hat sich viel getan. Als ich mit Jörg Schmiedeknecht zum letzten Mal hier ermittelt hab, war noch Vieles trist und grau. So, dort müsste es sein, wo diese Figuren runter schauen. Ja, Herrenstraße 19." An der alten Holzpforte entdeckte Carola Henning nur eine namenlose Klingel und drückte auf den etwas mit Mörtel verschmierten Knopf. Eine Weile tat sich gar nichts, dann war ein Gepolter zu hören und eine junge Frau öffnete. Die Hennings blickten in ein Paar fröhlicher blauer Augen, das sie von einem drei Stufen höher gelegenen Flur aus von oben anblickte. Die Frau steckte in einer verschmierten blauen Jeans-Latzhose und hatte ihr lockiges rotes Haar mit einem Stirnband nach oben gebunden. „Hallo, wollen Sie zu mir?" – Frau Otto?" – „Ja?" – „Carola Henning von der Kriminalpolizei Nordhausen, meine Nichte Carolin. Dürfen wir kurz reinkommen?" Das Lächeln verschwand aus Melanie Ottos Gesicht. „Ja, bitte. Aber wir sind hier voll am Bauen. Wir könnten uns hier vorne kurz hinsetzen." Sie deutete auf ein altes Sofa, das im hinteren Bereich des Flurs stand.

– „Um es kurz zu machen: Wir haben Ihre Adresse von Ihrer Freundin Sabine. Die hat uns gegenüber ausgesagt, Sie würden jemanden kennen, der, so wörtlich, alle Verbrecher töten wollte, die die Polizei hat laufen lassen."

– „Das hat Ihnen Sabine erzählt? Ja, das stimmt. Das war Alfred. Ich war damals allein und der dachte wohl, diese Story würde mir imponieren. Der hat mich nur genervt. Außerdem war dem das, was wir in Karate gemacht haben damals, zu einfach. Der kam dann nach ein paar Mal einfach nicht mehr. Ich hab keine Ahnung, was der dann gemacht hat." – „Alfred also. Wissen Sie noch mehr über diesen Alfred? Seinen Nachnamen?" – „Den weiß ich nicht, wir waren in dem Kurs von Anfang an per Du. Aber der hatte wohl keinen Vater mehr. Und von seiner Mutter hat der immer in den höchsten Tönen gesprochen. Ich soll ihn und Mama doch mal besuchen kommen." Melanie Otto schaute angewidert. „Stellen Sie sich das mal vor." – „Dann wissen Sie, wo er wohnt?" – „Gott bewahre, ich hab mit dem kaum ein Wort gewechselt, der hat immer nur mich angelabert. Ich weiß nicht, was der an mir fand. Und ich wollte auch nicht wissen, wo der mit seiner Mutter wohnt. Sind Sie jetzt fertig? Wir sind nämlich gerade am Verputzen." Carola Henning zog ein Tablet aus ihrer Tasche. „Wir brauchen unbedingt ein Bild von ihm. Hier auf dem Computer können wir Phantombilder erstellen. Wie sah er denn aus, dieser Alfred?" – „Besonders groß war der nicht, so wie ich vielleicht, 1 Meter 72. Kam immer in einem schwarzen Karate-Anzug schon an. Ziemlich schmal war der, hat uns aber alle mit nichts auf die Matte gelegt."

Carolin Hennings Computer war hoch gefahren und sie drückte den Button des Zeichen-Programms.

„Dann fangen Sie mal mit einem Eierkopf an. Einen schönen Mund hatte der ja, mit einer dicken Unterlippe. Und eine gerade Nase. Die Stirn noch etwas höher. Mit den Haaren hat der mich immer an so einen Nazi aus der Hitlerzeit erinnert. An den Seiten kahl ausrasiert und oben drauf, wie so ein Dächelchen eine nach links gescheitelte

Frisur. Ja genau, nur blond war der, mittelblond. Und so waren auch die Augenbrauen, nein, nicht so buschig, schmaler. Jetzt noch die Brille. Passend zum Haar mit schmaler Messing-Einfassung, mit runden Gläsern. So, wie Harry Potter, wissen Sie. Ja, prima. So, ich muss nun aber wieder hoch, sonst werden wir heute nie fertig."

Melanie Otto geleitete die Hennings an die Tür. – „Vielen Dank, Sie haben uns sehr geholfen. Sollte Ihnen noch etwas einfallen, hier meine Karte. Anruf genügt. Ach warten Sie." Carola Henning nahm die Karte noch einmal an sich, strich die Telefonnummer durch und schrieb die der Mühlhäuser Inspektion darüber. – „Wiedersehen."

Als Carola Henning gerade wieder in den Opel Corsa einsteigen wollte, sah sie ihr Handy auf dem Fahrersitz liegen und rot aufblinken. „Mist, hab ich mein Handy aus der Hosentasche verloren." Sie schaute auf den Bildschirm. „Das ist Kathrin." Und drückte auf den eingegangenen Anruf. Carolin, die neben ihr Platz genommen hatte, sah für einen kurzen Augenblick, wie ihre Tante mit den Augenbrauen hoch ging. „Mist! Kathrin, wo bist Du jetzt? Thälmannstraße. Ja, ich biege dann links von der Thomas-Müntzer-Straße ab. Gut, wir sind gleich bei Dir."

Carola Henning blickte aufgeregt zu ihrer Nichte. „Schon wieder ein Mord!" Sie tippte den neuen Zielort in das Navigationsgerät und schaltete Sirene und Blaulicht ein. Dann schnellte der Opel Corsa schon in Richtung Marienkirche davon.

Kapitel 26

„Tante, kannst Du nicht ein bisschen langsamer!", nörgelte Carolin, als der Opel Corsa über das holprige Pflaster der Thälmann-Straße schaukelte. Vom hinteren Teil einer mit hohen Stauden und Sträuchern bewachsenen Industriebrache blinkte schon ein Blaulicht herüber. Henning bog nach rechts, wo sie von Weitem Kathrin Bauer, Wachtmeister Nöhring und einen anderen Mann stehen sah. Die Kriminaltechniker waren offenbar noch gar nicht vor Ort. Carola Henning steuerte ihr Fahrzeug an einem gepflasterten Parkplatz und daneben abgelegtem Baumaterial vorbei bis nach hinten durch und ließ die Seitenscheibe runterfahren.

- „Schön, dass Du so schnell da bist, Carola. Das ist Herr Schmude, der den Toten entdeckt hat. Der liegt, äh hängt dort drüben." Kathrin Bauer zeigte in die Richtung des anderen Polizeiwagens und Carolin Henning steuerte darauf zu. Von dort aus sah sie bereits das Malheur. Ein großer Mann im dunkelblauen Trainingsanzug hatte sich mit seiner Hose in einem grünen Maschendrahtzaun verhakt. Das rechte Bein hing noch auf ihrer Seite, ein haariger Männerhintern lehnte halb entblößt auf der eingedrückten Krone des Zauns, der Oberkörper hing schlaff auf der anderen Zaunseite.

Kathrin und die beiden Männer waren nun wieder an Carola Hennings Auto heran getreten.

- „Sieht aus, als wollte der flüchten, hat's dann aber nicht mehr geschafft, Kathrin." Sie wandte sich nun zu dem Mittvierziger mit schmalem Gesicht und Halbglatze: „Und Sie haben die Leiche entdeckt?"

– „Ja, ich wohne dort schräg gegenüber in der Lassallestraße und hab heute Mittag mal aus dem Fenster geschaut. Ich dachte, da hätte jemand wieder mal alte Kleidung über den Zaun geworfen. Wissen Sie, seitdem die alte Fabrik abgebrannt ist, kümmert sich doch niemand so richtig um das Gelände. Da ist zwar jetzt eine Baufirma drauf, aber trotzdem werfen ständig Leute Müll da rein. Na jedenfalls bin ich dann runter, um zu schauen, was das genau ist und da hab ich den Mann gesehen, wie er da in dem Zaun hing. Ich denke, das ist auch einer von denen, die ihr Auto auf dem Abrissgelände parken und dann zum *Popphaus* gehen. Sehen Sie den Pfad da?" Carola Henning sah tatsächlich hinter der Leiche einen breit ausgetretenen Fußpfad. Und der zweite Zaun dahinter war am Ende des Pfades auch eingedrückt.

- „Nun brauchen Sie mir nur noch zu verraten, was ein *Popphaus* ist." Carola Henning blickte gespannt auf den Mann, der nun etwas verunsichert schien. – „Das ist doch der Puff da drüben. Na, zwei Häuser weiter von wo ich wohne." Schmude zeigte mit dem Zeigefinger auf ein dreistöckiges Backsteinhaus mit einem Lebensbaum davor. „Wissen Sie, was da nachts immer los ist? Da geht das rein und raus in einem fort. Und Viele kommen eben über das alte Fabrikgelände. Die wollen wohl nicht, dass ihre Autos

125

vor dem Puff gesehen werden. Deswegen hab ich auch die Nachtschichten bei uns im Betrieb übernommen. Ich würd sonst keinen Schlaf kriegen. Vormittags ist doch da nichts los." – „Gut, Herr Schmude, schön dass Sie uns gleich informiert haben. Wir brauchen Sie hier dann nicht mehr." Der Mann steckte die Hände in seine Hosentaschen und ging geradewegs zurück in Richtung Thälmann-Straße. „Kathrin, Du musst die Sache hier mal übernehmen. Wir haben ein Phantombild, das uns wahrscheinlich zu unserem Schlitzer führt. Das müssen wir so schnell als möglich zur Veröffentlichung bringen. Solange Sarah Eisenhardt nicht hier war und Dr. Zellweger, solange kommen wir hier auch nicht weiter. Halt mich bitte auf dem Laufenden." – „Geht seinen Gang, Carola." Sie warf den Motor an und die Hennings fuhren wieder ab.

Kapitel 27

„Nein!", Alfred bekam einen Schock, als er mit seiner Mutter am Frühstückstisch saß und den *Mühlhäuser Generalanzeiger* aufschlug und das Phantombild sah. „Mutti, schau Dir das an. Das könnte ich glatt sein, wenn wir mal so drei, vier Jahre zurück gehen. „Damit gehen nun drei Morde auf das Konto des Schlitzers", las Alfred aus dem dazugehörigen Artikel laut vor. „Also, wer spricht denn hier von Mord? Außerdem haben nun schon vier

Männer ihre gerechte Strafe erhalten. Den vierten haben sie wohl noch gar nicht gefunden?" Alfred las weiter: „Wie aus der Pressemitteilung der Polizei Nordhausen weiter hervorgeht, wird zu reger Wachsamkeit und Vorsicht in der Bevölkerung aufgerufen. Der Täter sei gefährlich und würde vor Waffengebrauch nicht zurückschrecken."

Alfred blickte von der Zeitung auf. „Was sagst Du? Ich soll auf mich aufpassen? Aber hast Du nicht das Phantombild gesehen? Die kriegen mich doch nie! Ach, Du meinst meine Kollegen könnten mich anzeigen, weil die mich noch von früher her kennen. Das können die sich doch beim besten Willen nicht vorstellen, dass ich zu so was fähig bin. Aber vielleicht leg ich mal ein Päuschen ein. Ich komm ja kaum mehr zu meinen anderen Hobbys."

Alfred stand auf, fasste den Rollstuhl seiner Mutter an den Griffen und schob sie an ihren Lieblingsplatz im Wintergarten. Dann gab er ihr einen Kuss, zog sich eine Jacke an und verließ das Haus.

Kapitel 28

„Es muss endlich etwas passieren! Wir wollen keine weiteren Morde mehr hinnehmen!", rief Bruno König-Schreier in die Menge, die sich auf dem Obermarkt versammelt hatte. Über *Facebook* hatte der Vorsitzende der Wutbürger-Fraktion im Stadtrat etwa 150 seiner Anhänger zu der Demonstration mobilisiert. Einige hatten auf die Schnelle sogar Pappplakate gemalt. „Und jetzt folgt mir vors Rathaus!"

Mit Rufen wie „Mehr Sicherheit in Mühlhausen!" und „Keine Morde mehr!" setzten sich die aufgebrachten Mühlhäuser in Bewegung. König-Schreier begab sich mit seinem Megaphon an die Spitze des Protestzugs, der sich wie durch einen Trichter in die enge Ratsstraße zwängte. An der Wahlstraße stoppten zwei Demonstranten den Verkehr, dann strömten die Leute über das abschüssige Gässchen weiter hinab. Durch die eng stehenden Fachwerkhäuser wurde das „Keine Morde mehr" noch verstärkt. Bis im Spitzbogen der Rathausdurchfahrt plötzlich sechs Polizisten auftauchten und die Menschenschlange ins Stocken geriet. „Macht die Straße frei!", schrien die vordersten in der Menge in diesem Augenblick wie aus einem Munde.

Der Mühlhäuser Polizeichef Heinz Helbig persönlich hatte sich jedoch an die Spitze der Polizisten gestellt und griff seinerseits zum Megaphon: „Liebe Bürgerinnen und Bürger, diese Demonstration ist nicht angemeldet. Bitte geht wieder nach Hause. Wer trotz Anordnung verbleibt, muss mit einem Ordnungsgeld rechnen."

Bruno König-Schreier ging auf den Polizeichef zu und es kam unter den beiden Männern zu einer Unterredung, die jedoch in der Geräuschkulisse der Demonstranten unterging. „OB raus, OB raus" riefen mit einem Mal einige, die von hinten nachdrängten. Und die ganze Menge stimmte in diesen Ruf ein. Polizeichef Helbig griff zu seinem Handy und wandte sich nach einem kurzen Telefongespräch wieder an König-Schreier. Der hob sein Megaphon: „Leute, seid mal leise bitte. Bitte Ruhe!" Auch andere schrien jetzt „Ruhe!" und die Menge wurde leiser.

- „Der Polizeichef hat mit dem OB gesprochen. Er kommt raus." Die Menge war begeistert und antwortete mit lautem Klatschen. Durch die Nachdrängenden wurde das Menschenknäuel vor dem Rathaus immer dichter, einige wichen in den Hinterhof aus, um für die anderen Platz zu machen. Einige Leute kamen nun auch aus dem Ratskeller, um zu schauen, was los ist. Mitarbeiter der Stadtverwaltung öffneten Fenster, um besser sehen zu können. Zwischen den Polizisten tauchte der Pressefotograf René Kindervater vom *Thüringer Generalanzeiger* auf und hielt seine Kamera über den Kopf, um die Menge besser erfassen zu können. Die Chefredakteurin Julia Baumbach hinter ihm kritzelte ihre Eindrücke auf einen Notizblock. Als sich jedoch weiter nichts tat, begannen die Leute wieder zu rufen: „OB raus, OB raus!" Lange brauchten sie nicht zu rufen, denn es öffnete sich ein Fenster oberhalb des Spitzbogens und Oberbürgermeister Lukas Paulsen lehnte sich heraus. Sofort schrie die Menge wieder: „Keine Morde mehr! Keine Morde mehr!" Der OB, der zuvor freundlich gelächelt hatte, verfinsterte sich und rückte wieder zurück. Ordnungsamtsleiter Matthias Gräfe schob seinen muskulösen Körper in den Vordergrund und hob seinerseits ein Megaphon an den Mund. „Leute, der OB möchte mit Euch sprechen!", hallte es aus seinem Mund von oben herab über die Menge hinweg, die augenblicklich Ruhe gab. Gräfe reichte das Megaphon an den OB weiter, der sein Lächeln noch nicht wieder gefunden hatte.

- „Leute, ich verstehe ja Eure Unruhe. Fünf Morde in so kurzer Zeit sind für unsere kleine Stadt längst zu viele. - „Jawoll!", schrien einige in der Menge. - „Aber zu Eurer Sicherheit ist die Polizei Tag und Nacht unterwegs. Ich habe jetzt angeordnet, dass auch Mitarbeiter des Ordnungsamts abends und nachts Streife laufen. Dafür habe ich heute vom Landesverwaltungsamt grünes Licht erhalten." Noch einmal schwollen die „Jawoll-Rufe" an. - „Seitens der Polizei laufen die Ermittlungen auf Hochtouren. Das konntet ihr auch der Zeitung entnehmen. Ein Tatverdächtiger wurde ausgemacht." Einige in der Menge pfiffen. „Ich möchte euch bitten, die Polizei in ihrer Arbeit konstruktiv zu unterstützen. Haltet bitte Augen und Ohren offen und meldet, wenn euch etwas seltsam vorkommt. Man hat mir versichert, dass jeder Spur nachgegangen wird."

Nun kam unter dem Vollbart des OB wieder das selbstsichere Lächeln zum Vorschein, das man schon von seinen Wahlplakaten her kannte. Die Menge unten war auch schon etwas kleiner geworden und einige klatschten dem OB sogar zu.

„Die Demonstration ist aufgelöst!", meldete sich Heinz Helbig zurück. „Gehen Sie bitte nach Hause!"

Und Bruno König-Schreier: „Alle Wutbürger, die sich an der „Bürgerstreife" beteiligen möchten, treffen sich noch bei mir im Geschäft auf dem Steinweg." Die Polizisten gaben nun den Weg frei, verstellten aber weiter das Rathausportal. Der Ordnungsamtsleiter schloss das Rathausfenster. Die Demonstranten zerstreuten sich allmählich in den vier Gassen, die auf das Rathaus zulaufen. Die meisten folgten jedoch König-Schreier zum Steinweg.

Kapitel 29

„Wissen Sie, Frau Schmidt, das ist ja nun eine ziemlich schwere Anschuldigung, die Sie gegenüber ihrem Nachbarn aussprechen." Carola Henning saß an ihrem Schreibtisch in der Polizeiinspektion Mühlhausen und verhakte ihre Finger vor dem Mund, wie zu einem stillen Bittgebet. Vor ihr saß eine Frau in grauem Mantel mit dunkelbraunem Kunstfellkragen, das Gesicht faltig, die Haare zu einem Knoten darüber zusammen gebunden und mit schmalrandiger, goldener Brille. „Aber, wenn ich es Ihnen doch sage, Frau Kommissar. Mein Nachbar, der Herr Krause, hat mir wirklich so gedroht. Der macht seine Musik sogar noch lauter, wenn ich mal was gesagt habe. Ich hätt aber auch nichts unternommen, wenn jetzt nicht dieses Bild in der Zeitung gewesen wäre." Sie hielt die Zeitung noch einmal hoch. Aber Carola Henning warf keinen Blick darauf. Sie kannte das Bild des Verdächtigen zur Genüge und schaute zu ihren Kollegen herüber, die seit dem Morgen kaum vom Telefon weg gekommen waren. Seit der aktuellen Berichterstattung in Presse, Fernsehen und Internet waren unzählige Meldungen und Verdächtigungen eingegangen. Die vielversprechendsten hatte man sich in die Inspektion eingeladen.

Carola Hennings Gegenüber hatte die Zeitung wieder gesenkt und schaute besorgt. Carola Henning stand auf und reichte der alten Dame die Hand: „Vielen Dank Frau Schmidt, wir werden der Sache nachgehen." Sie lächelte ihr dabei noch kurz zu. *Wir haben bloß gerade keine Streife dafür, die Kollegen sind doch seit heute früh im Dauereinsatz*, dachte sie noch und ging zur Fensterfront. Die Bäume auf dem Lindenbühl zeigten schon ein erstes zartes Grün. Die Stadtmauer dahinter war durch das Geäst der Baumkronen noch gut auszumachen. *Das war ein Fehler mit dem Phantombild*, dachte sie bei sich. *Alle wollen nun etwas gesehen haben, aber uns rinnt die Zeit davon! Wenn jetzt noch jemand ermordet wird, gibt es einen Volksaufstand!* Sie drehte sich um, ging die paar Schritte zu ihrem Drehstuhl, schnappte sich ihre blaue Wolljacke. Kathrin Bauer hatte gerade den Hörer wieder aufgelegt und Carola Henning kam auf sie zu. „Kathrin, macht mal alleine weiter, ich brauche jetzt eine Auszeit." Kathrin Bauer zeigte Verständnis: „Geh nur Carola, wir kriegen das schon hin." Dann klingelte ihr Telefon auch schon wieder und sie nahm das nächste Gespräch an.

Carola Henning hatte den Bogen von der Polizei-Inspektion zum Kiliansgraben schnell genommen. Nachdem sie ins Lindenbühl abgebogen war, nahm der Verkehrslärm von dort schnell ab. In kräftigem Grün strahlte ihr die Rasenfläche der Grünanlage entgegen, unterbrochen nur vom Weiß einzelner Gänseblümchen und hier und da ein paar gelben Blüten vom Scharbockskraut und vom Goldstern. An einer dicken, alten Platane blieb die Kommissarin kurz stehen, atmete die frische Frühlingsluft ein und blickte an der langen, geraden Stadtmauer entlang, die man hunderte Meter weit überblicken konnte. Dann ging sie mit lockeren Schritten weiter. Auf einmal schien alle Anspannung der letzten Tage von ihr gewichen zu sein. An der Brunnenkreßstraße waren gerade drei Gärtnerinnen dabei, Stiefmütterchen in tiefschwarze Gartenerde zu setzen. Carola Henning schaute ihnen einen Augenblick lang zu, bevor sie weiter ging, vorbei an einem lang ausladenden Fachwerkhaus. Von einem Blumenladen grüßten bereits Tulpen, Narzissen und Primeln. Wie angewurzelt blieb sie stehen. Vor ihr öffnete sich der weite Platz des Untermarkts. Sie richtete ihren Blick auf die Divi-Blasii-Kirche und plötzlich lief ihr ein wohliger Schauer den Rücken hinab. *Dieser Platz hat was*, staunte sie. Wie von Gottes Hand berührt, wurde sie lockerer, ging langsam auf die Skulptur zu, die etwas verloren am Ende des Platzes stand. Ihre rechte Hand legte sie auf die Schulter der Bronzestatue, um zu schauen, in welche Richtung der streng dreinblickende Bärtige zeigte. Sie zog eine imaginäre Linie und entdeckte an deren Ende ein Ladenschild. *Aha, dorthin zog es also den alten Mann.* Carola Henning setzte ihren Spaziergang fort, überquerte die Straße, kam an einem Café vorbei und stand schließlich vor der Ladentür. *Lockomotive* stand darauf und es war eine fahrende Dampflok zu sehen, aus deren Kamin lockenförmiger Rauch quoll. *HonkyTonk®, das Kneipenfestival* las sie auf einem Plakat, das von innen an die Tür geklebt war. *Das ist ja heute Abend!*, wunderte sie sich. Dann drückte sie die blank polierte Stahlklinke der modernen Glastür und trat ein. Am Empfangstresen stand ein kurzhaariger Mittvierziger mit Dreitagebart und schwarzer Hornbrille und blätterte in seinem Terminkalender. In dem Salon waren fünf Plätze leer. Nur ganz hinten war eine blonde Frisöse gerade dabei, einer älteren Frau Wickler einzudrehen. „Guten Tag, ich nehme an, Sie haben gerade Luft für einen Haarschnitt?" Wortlos wies der junge Frisör mit der Hand in sein Geschäft und Carola Henning setzte sich auf den vorderen Drehsessel. - „Tobias Cramer, aber sagen Sie Tobi zu mir", stellte sich der Frisör vor und schob ein fahrbares Haarwaschbecken von hinten an sie heran. Kurz darauf walkten seine schlanken Finger über Carola Hennings Kopfhaut und sie schloss ihre Augen. Sie hatte fast schon vergessen, wie wohltuend so eine Kopfmassage beim Frisör war. Beim Abtrocknen blickte Tobi in den Spiegel: „Eine leichte

Föhnwelle auf der linken Seite würde Ihnen gut stehen!?
Das ist gerade top-modern."

Carola Henning lächelte ihn an: „Gut, machen Sie das!"
Ihre nassen Haare pressten sich an ihren runden Schädel
und Tobi begann, an ihr rum zu schnippeln.

– „Das war reiner Zufall, dass ich zu Ihnen gefunden
habe", begann sie das obligatorische Frisör-Gespräch. „Ich
ermittle im Fall des Schlitzers."

– „Ach, die Kommissarin. Da sind Sie aber die Erste,
die ich auf dem Stuhl bei mir sitzen habe."

– „Sie glauben nicht, was für ein Chaos in der
Sonderkommission herrscht, seit wir das Phantombild
veröffentlicht haben."

– „Doch, das kann ich mir vorstellen. Was meinen Sie,
was mir meine Kunden hier alles erzählen. Das fällt
natürlich alles unter die Schweigepflicht." Carola Henning
sah im Spiegel, wie Tobi das rechte Auge zukniff und
dabei süffisant lächelte. „Aber, wenn Sie mich fragen: Das
war ein Frustrierter. Irgendeiner, dem die Frau fortgelaufen
ist, oder einer, der seit zehn Jahren nicht befördert wurde.
Einmal hatte ich auch einen hier, der hat seinen Job bei der
Mikro-Elektronik verloren und nachher wollte den keiner
mehr. Der war eben über fünfzig. Der wollte drüben im
Westen alles kaputt schlagen und das ganze *Managerpack*
noch mit dazu. Der könnt es sein, oder." Carola Henning
blickte skeptisch in den Spiegel: „Na, wenn's so einfach
wäre?"

Tobi hantierte nun mit Föhn und Kamm, gab Festiger ins Haar und zeigte Carola Henning mit einem großen Handspiegel, wie die Frisur von hinten aussah. Mit einem Lächeln blickte sie zu ihrem Maestro hoch: „Das haben Sie ja toll hingekriegt, Tobi. Ich hab mir immer schon so eine Veränderung gewünscht!" - „Das macht 43 Euro", sagte der, als es ans Bezahlen ging „da ist der Mindestlohn für meine Angestellten mit drin."

Durch die Glastür fiel ein Strahl Frühlingssonne in ihr Gesicht. Sie fühlte sich wie neu geboren und trat wieder auf den Untermarkt, der sich wie ein Amphitheater vor ihr öffnete.

Kurz darauf in der Polizei-Inspektion: Carola Henning stieß die Tür zur Sonderkommission auf. Ein Luftzug wehte einige Papierblätter vom großen Tisch, die Kollegen hatten offenbar ein Fenster zum Lüften geöffnet. Alle blickten von ihrer Arbeit auf.

„Carola!", rief Kathrin Bauer erstaunt. – „Ja, Leute, ich brauchte mal etwas frische Luft um die Ohren. Lasst mal bitte alles liegen und stehen, wir besprechen, was es Neues gibt. Habt ihr denn was Konkretes?" Kathrin Bauer hielt eine Akte in der Hand, lächelte selbstbewusst und warf dann Carolin einen kurzen Blick zu: „Hab ich's doch gesagt, wenn Carola zurück ist, möchte die einen Bericht." Und zu Carola Henning: „Chef, ich habe Carolin die vorläufigen Ergebnisse schon mal   zusammentragen lassen. Es ist, wie befürchtet, wir haben nun auf die Zahl genau 45 Hinweise aus der Bevölkerung, 33 konnten wir bislang überprüfen. Und: Alles haltlose Anschuldigungen, meist nicht einmal geringe Ähnlichkeiten mit dem Phantombild. Und auch immer ein stichfestes Alibi für wenigstens einen der Tat-Zeiträume. Aber Du siehst ja, die Arbeit ist noch in vollem Gange. Übrigens Chef, steht Dir gut die neue Frisur!"

Carola Henning schaute sich kurz den Ausdruck der zweiseitigen Tabelle an, die in der Akte steckte und fing dann an, Anweisungen zu geben. „Super, Kathrin! Ich möchte Dich und Poniatowski bitten, weiter zu machen. Jörg, Carolin, Euch beide brauch ich heut Abend bei mir. Wir gehen auf Kneipentour!" In Schmiedeknechts Gesicht baute sich plötzlich ein großes Fragezeichen auf. Carolin fasste sich schneller wieder: „Echt? Tante, das ist ja super! Steht Dir übrigens wirklich klasse die Frisur!" – „Super, ja, aber nicht, wie Du denkst. Das wird richtig Arbeit heute Abend. Wir werden uns nämlich auf dem Kneipenfestival umgucken. Es wäre doch gelacht, wenn unser Schlitzer da nicht unterwegs ist. Oder, was sagen Sie dazu Poniatowski? Ich tippe zum einen, der ist Musikliebhaber. Und heute Abend ist für jeden was dabei: Blues, Rock, Folk, Reggae. Stand alles auf einem Veranstaltungsplakat. Außerdem können wir dem Volk dabei noch mal aufs Maul schauen. Das bringt vielleicht mehr, als dieser öde Telefon-Marathon. Jedenfalls hatte ich vorhin so ein komisches Gefühl in der Magengegend. Und wann hat mich das schon mal getäuscht?"

137

– Poniatowski erhob sich von seinem Drehstuhl und bekam ganz glasige Augen. „Da könnte was dran sein Chef", begeisterte er sich. Doch Carola Henning wusste, was er ihr damit sagen wollte: „Nein Christoph, ich brauche Sie heute Abend hier, wir müssen auf beiden Hochzeiten tanzen!"

Kapitel 30

„Mach mir mal noch eins, Jule!" Bis eben hatten *Gypsy und Dypsy* mit Flöte und Gitarre im Steinway Pub noch für echt irisches Feeling gesorgt. Alfred nutzte die etwas ruhigere Pause und winkte mit seinem Bierglas. Die brünette Bedienung hinter dem Tresen warf ihm einen kurzen skeptischen Blick zu, verstand aber sofort und nahm ihm das Glas ab. „Und?", fragte er, als er ein volles Glas erdig braunes, irisches Bier zurück bekam. „Gefällt Dir die Musik?" – „Nein, ich fahr nicht so ab auf Folk. Aber wenn die Bude voll ist, habe ich auch meinen Spaß." Jule schenkte Alfred ein verhaltenes Lächeln und strich dabei mit Zeige- und Mittelfinger über ihren Daumen. Alfred zwinkerte ihr zu: „Verstehe. Das liebe Geld."

Plötzlich übertönte ein Krachen, das von draußen kam die Geräuschkulisse im Pub. Ein junger Mann in blauer Jeansjacke stürmte herein: „Die haben den Schlitzer!", schrie er. Und die Leute, die am Eingang standen, setzten sich wie angestachelt nach draußen in Bewegung, Alfred mit. Die Stehtische vor dem *Cuba libre* nebenan lagen alle um und ein paar der Café-Besucher waren darüber gestolpert. Fünfzig Meter weiter raste jemand den Steinweg hinunter, ein paar Verfolger waren schon hinter ihm und schrien: „Haltet ihn, das ist der Schlitzer!" Die Leute, die entgegen kamen, machten jedoch nur verängstigt einen Schritt zur Seite. Den Kerl und seine etwa zehn Verfolger ließen sie durch. Bis ihm von der anderen Seite zwei Männer mit muskulösen Oberkörpern und Baseballschlägern entgegen traten: „Jetzt haben wir Dich, Bürschchen!", sagte der eine und stürzte sich vor dem Schaufenster eines Lederwarengeschäftes auf den Flüchtenden, der sich als hagere Gestalt mit Brille und seitengescheitelten Haaren herausstellte. „Ich bin's nicht!", konnte der gerade noch heraus quieken, da traf ihn schon ein Faustschlag ins Gesicht und er sackte in sich zusammen.

Alfred, der alles von Weitem beobachtet hatte, wollte schon wieder zurück in den Pub, da tippte ihn etwas von der Seite an. „Na, gönnst Du Dir ein Mordpäuschen?" Erschrocken drehte er sich um, sah ein dunkelhaariges Mädchen neben sich, das ihn aus rehbraunen Augen und mit einem entschlossenen Lächeln anblickte. Wie in Trance antwortete er: „Ja, wenn's Dich nicht stört!?" Und gleichzeitig wunderte er sich über die Worte, die ihm da rausgerutscht waren. Die zweite Person, die ihn anstuppste, kam jedoch nicht über ein „Kriminal..." hinaus. Blitzschnell hatte sich Alfred umgedreht und nach dem

Arm gegriffen, der nach ihm aus war, hielt die Pistole in der Hand und trat Jörg Schmiedeknecht, der vor ihm zu Boden gegangen war, als wäre er eine Assel, mit dem Fuß in den Nacken, dass der vor Schmerzen aufschrie. Mit der Rechten hatte er im Bruchteil einer Sekunde ein zweischneidiges, spitzes Messer hervorgeholt und hielt es nun Carolin, die er sich schützend vor die Brust gezerrt hatte, an die Kehle. Um die Zwei gab die Menge außen herum einen runden Platz frei, als ob ein Tropfen Spülmittel ins Abwaschwasser getropft wäre. Nun war auch Carola Henning dazu gekommen, blieb außer Atem vor der Szenerie stehen und zeigte ihre Dienstmarke vor.

- „Ein Fluchtauto!", schrie Alfred. Carolin flehte mit einem Zwinkern inständig ihre Tante darum an. - „Sollen Sie haben", antwortete Carola Henning, die den Ernst der Lage erkannt hatte. „Ich hole jetzt den Autoschlüssel aus meiner Jackentasche", warnte sie den Entführer und griff in ihren taupe-grauen Blazer. Dann warf sie den Schlüssel ihrer Nichte zu, die ihn gekonnt mit der freien linken Hand auffing. „Das Polizeifahrzeug vor der Burggalerie", rief sie dem entschlossen dreinschauenden Mann zu, der Carolin nun in die Grasegasse zerrte. - „Platz, sonst stech ich die ab!", schrie er in die Menge, die sofort nach gab und ihm den Weg frei machte. In der Burgstraße waren nur noch wenige Menschen. Alfred nahm den Autoschlüssel, packte Carolin bei der Kapuze ihres Shirts und rannte mit ihr die Gasse hinunter, wo er hinter dem Fischgeschäft schon den blau-weißen Opel Corsa stehen sah. Er klickte auf den

Schlüssel, öffnete die Fahrertür, stieß Carolin hinein, die sich mühsam über den Schalthebel zwängte, er selbst setzte sich auf den Fahrersitz, verriegelte die Türen und fuhr los. Bei Rot bog er rechts in den Kreuzgraben ab und Beide schwiegen sich erst einmal an. Als Alfred von Weitem die rote Ampel am Kiliansgraben sah, quietschte er entgegen der Richtung in die Sondershäuser Straße ein, und dann in die Feldstraße. Carolin wurde hin und her geschüttelt und entsetzte sich über das Fahrtempo. „Bist Du verrückt!", schrie sie, als ihnen beim Abbiegen ein Volvo entgegenkam und gerade noch abbremsen konnte. - „Ist ja gut", kam seine Antwort prompt zurück und er drosselte das Fahrzeug. Über die Ammerstraße ging es weiter. Ohne Verfolger schaffte es Alfred dann mit seiner Gefangenen bis in die Rudolf-Virchow-Straße, wo er das Fahrzeug hinter der Einfriedung abstellte. Carolin hatte keine Chance auszubüxen. Alfred kam auf die Beifahrerseite geschossen, zerrte sie raus und dann am Ärmel über den Gartenweg zum Haus. Als sie in der Diele waren, schloss er die Haustür ab und steckte den Schlüssel in die Jacke.

Er ließ Carolin los und schaute sie an. „Ich bin Alfred und Du", kam es nach einem quälend langen Augenblick aus ihm heraus. - „Carolin, ich bin die Nichte der Kommissarin", sagte sie trotzig. – „Ich stell Dich erst einmal Mutter vor." Mit sanftem Druck auf den Rücken schuppste Alfred Carolin weiter bis zum Wintergarten. Carolin blickte um die Ecke in den mit mediterranen

Pflanzen begrünten Pavillon und hätte vor Schreck fast eingepisst. Im Rollstuhl an einem weißen Gartentisch saß eine faltige alte Frau mit Haarknoten, die Hände in den Schoß gelegt, die regungslosen Augen auf sie gerichtet. - „Guten Abend", stammelte Carolin, bekam aber keine Antwort. – „Mutter tut Dir nichts, sie schläft." – „Mit offenen Augen!?" Carolin bekam keine Antwort, spürte aber, wie sie Erdung aufnahm und ihre Lebensenergie wie ein Schauer wieder in ihr hochrieselte. – „Ich hab Mutter alles zu verdanken, alles, was ich bin", entschuldigte sich Alfred. „Sie ist so gütig. Nachdem mein Vater schon so früh gestorben war, hat sie mich Abitur machen lassen. Ich hab studiert und bin ein guter Arzt geworden. Über alles konnte ich mit Mutter reden, auch über diese ganzen Verbrecher. Weißt Du, ich begutachte die im Gesundheitsamt. Und so viele kommen durch mit ihren Krankheitsgeschichten. Aber Mutter sagt mir dann schon, wenn sie das ungerecht findet. Und jetzt habe ich begonnen, denen die Strafe zu geben, die ihnen zusteht. Mutter ist da ganz auf meiner Seite." – „Ach so, und weil das ein Kinderschänder und ein Pferdequäler waren, meintest Du, das ginge in Ordnung, wenn Du die einfach so abstichst!?" – „Mutter fand das gut!" Alfred drehte sich zu seiner Mutter. „Stimmt's Mutti?" Und dann wieder zu Carolin: „Siehst Du, Mutti war einverstanden." Carolin runzelte die Stirn. „Und woher wussten Sie, wo die gerade waren?", fragte sie in flapsigem Ton. – „Oh, nichts leichter als das. Komm, ich zeig's Dir." – „Wo?" – „Im Keller."

Carolin folgte Alfred in den Keller des Hauses. Die Treppe endete in einem großen Raum. Automatisch leuchteten mehrere Leuchtstoffröhren an der Decke auf und erhellten an der einen Seite einen Laborbereich, in dessen Zentrum ein riesiger Elektroofen stand. In der Raummitte in einer Art Druckkammer, standen zwei Glasbecken, ein großes und ein kleineres. Beide waren über Schläuche und Röhren mit Chemikalientanks verbunden. „Mein Hobby", entschuldigte sich Alfred. An Hand einiger Foto-Poster, die das plastifizierte Kreislaufsystem oder den halbierten Körper verschiedener Lebewesen zeigten, machte sich Carolin einen Reim darauf, worum es sich dabei handelte. An der Stirnseite stand ein großer Schreibtisch mit Computer und drei Bildschirmen. Alfred setzte sich in den Drehsessel davor, gab ein Passwort ein und auf dem mittleren Bildschirm erschien eine Satellitenbildkarte von Mühlhausen, auf der zwei Leuchtpunkte zu sehen waren, ein roter und ein gelber. „Siehst Du, das hier in der Bayernstraße ist der Mörder, der aus dem Haftkrankenhaus in Pfafferode entlassen wurde. Angeblich geht von dem keine Gefahr mehr aus. Mutter und ich sind da anderer Meinung. Der sollte als nächstes drankommen. Und das hier", Alfred deutete auf den gelben Punkt, der gerade in der Stätte blinkte. „das ist der Heiratsschwindler Thomas Schulze-Laukanen. Dem gefällt es wohl heute beim *Honky Tonk-Festival*®. Ich gehe jede Wette ein, dass der dort bei Funk-Musik im *Café Charleston* sitzt und wieder am Anbaggern ist. Mutter findet den ja so widerlich. Ich hatte mal die Krankenakte von dem auf meinem Schreibtisch. Ist nicht bindungsfähig und zockt eine Frau nach der anderen ab, wurde aber bisher nur auf Geldstrafe verknackt. Hat sich in Therapie begeben." – „Und wie funktioniert das?", fragte Carolin, der es etwas mulmig geworden war. - „Och Mädchen, moderne Telemetrie!" Und als Carolin immer noch nicht verstanden hatte: „Na, die bekommen einen Sender angeklebt. So was ist heute schon so klein wie ein Mikro-Chip. Das sieht keiner, wenn er's nicht weiß. Wenn ich Dich nicht hier hätte, wäre ich bestimmt im *Café Charleston* und würde mir Schulze-Laukanens Treiben anschauen. Vielleicht hätte sich heute Abend auch eine gute Gelegenheit ergeben, um mit ihm endgültig abzurechnen." – „Deshalb also die Kleberreste an der Kleidung!?" – „Ja das war das Problem. Der Haftkleber musste stahlhart und schnell kleben. Das war klar, dass da Reste übrig bleiben würden." Alfred drehte sich im Sessel und packte Carolin am Ärmel. „So, Du kommst jetzt hier rein." – „Nein!" Carolin versuchte sich zu wehren, erhielt aber einen Faustschlag aufs Kinn und fiel sofort in Ohnmacht. Alfred steckte sie in eine Kammer, in der nur ein Schaltschrank stand, verschloss die Stahltür, sprang die Treppe hoch in sein Zimmer, packte verschiedene Dinge in eine Reisetasche, trampelte die Stufen wieder runter und schnappte sich seine Mutter im Rollstuhl. Dann ging es in einem Affenzahn zum Hintertürchen, das in den Carport führte. Alfred schob den Rollstuhl in einen *VW Caddy*, verzurrte die Räder, schmiss die Tasche dazu und setzte sich ans Steuer.

Doch gerade, als er den Motor gestartet hatte, versperrte ihm ein Polizeiwagen den Weg. Carola Henning steckte ein Megaphon aus dem geöffneten Hinterfenster: „Alfred Bock, geben Sie auf, das Haus ist umstellt. Kommen Sie mit erhobenen Händen aus dem Auto raus."

Alfred fuhr der Schrecken in alle Glieder. Wie ein Wilder hieb er auf das Lenkrad ein: „Mutter, es ist aus!" Er öffnete die Fahrertür, faltete beide Hände über seinem Kopf zusammen und stieg aus. Zwei maskierte Polizisten kamen mit erhobenen Schnellfeuergewehren auf ihn zu. Einer senkte die Waffe, trat Alfred in die Kniekehlen und riss seine Hände auf den Rücken, um ihm Fesseln anzulegen. Carola Henning trat hinzu: „Herr Bock, gegen Sie liegt ein Haftbefehl wegen mehrfachen Mordes vor. Sie sind hiermit festgenommen. Aber wo ist meine Nichte?" Alfred wurde von den Einsatzkräften aufgerichtet. Er deutete mit dem Kopf hinter sich: „Im Keller, im Schaltraum, sie ist aber nur ohnmächtig. Und tun Sie meiner Mutter nichts. Lassen Sie bitte meine Mutter!" Carola Henning lief ins Haus, mit gesenktem Kopf ließ sich Alfred abführen.

Kapitel 31

„Also dann, ein Hoch auf unseren neuen Hauptkommissar!" Natascha, Nadja und Andrej, die angehenden Gastronomen der *Hirsch-Brauerei* am Kornmarkt, hatten allen ihren Gästen an der langen Tafel im Brau-Keller ein Glas Sekt hingestellt. Alle taten es Carola Henning gleich. Und spontan, die Gläser hoch erhoben, stimmte Polizeichef Heinz Helbig, der neben Carola Henning Platz genommen hatte ein Liedchen an: „Hoch soll er leben, hoch soll er leben, dreimal hoch!" stimmten in den unterschiedlichsten Tonlagen alle mit ein.

- „Das hab ich mir auch teuer erkauft", nuschelte Jörg Schmiedeknecht in seine rot-weiße Gesichtsmaske hinein. Außer einem Nasenbeinbruch hatte er auch eine Wirbelverletzung erlitten, steckte in einem Korsett aus Karbon und Edelstahl und konnte sein Sektglas kaum halten. Seine Freundin Sabine lächelte ihm ermutigend zu und beide ließen ihre Sektgläser dumpf erklingen. Nachdem sich alle aus Schüsseln und Schalen die Teller gefüllt hatten, regte das gute Essen zu Gesprächen an.

- „Ich versteh immer noch nicht, wie Du den Täter gefasst hast." Britt hatte extra für die Feier mit einer Kollegin ihren Dienst getauscht und saß nun neben Carolin. Die kaute an einem gemischten Salat herum. - „Haha", lachte sie zwischen zwei Gabeln überlegen. „Mit Christoph, der kam als Verstärkung vom Landeskriminalamt, habe ich am Nachmittag, als Tante mal weg war, am Computer rumgespielt. Mit dem Grafikprogramm kann man ja die lustigsten Gesichter machen. Wir haben dann ausprobiert, wie der Täter als Opa aussieht, oder als Dicker, als Langhaariger, mit Schnauzbart. Und dann hatte Christoph die Idee mit dem Samurai. Er hatte ja sein Referat auch über Waffen asiatischer Kämpfer gehalten. Der hat dann ganz ernste Gesichtszüge bekommen, die Backen etwas feister und hinten haben wir dem dann so ein Kampf-Schwänzchen angehängt." – „Meinst Du so ein Pferdeschwänzchen, wie es die Sumo-Ringer tragen?" – „Ja, genau! Ich hätte laut los prusten können, als ich genau diesen Typen dann auf dem Mühlhäuser Steinweg hab stehen sehen. Das konnte nur der sein! Ich war dann ganz tricky und habe den mit ner direkten Frage konfrontiert. Der war so überrascht, dass er sich sofort zu erkennen gegeben hat." Dann verfinsterte sich Carolins Blick. „Leider hat der mir dann sein Messer an die Kehle gesetzt. Das fand ich weniger witzig." Carolin nahm erst einmal einen großen Schluck ihrer Apfelsaft-Schorle.

- „Carolin sollte mal nicht so angeben", wandte sich nun ihre Tante an Britt. „Ich hab Blut und Wasser geschwitzt, als die mit dem Schlitzer alleine unterwegs war. Ein Lob auf die neue Technik. Alle unsere Einsatzfahrzeuge sind ja gechipt. Per GPS haben wir den Opel verfolgt bis zum Haus des Entführers. Zum Glück waren ein paar Jungs von der Bereitschaft des Sondereinsatzkommandos mit nem Hubschrauber zu uns gestoßen. Dann war's ein Leichtes, dem *Rächer der Gerechten* die Fesseln anzulegen. Mich würgt's jetzt noch im Hals, wenn ich an seine Silikon-Mutter und das Plastinarium im Keller denke."

Carola Henning steckte sich ein Stück ihres Schweinelenden-Medaillons in den Mund. – „Wie lange hat das keiner entdeckt? Zwei Jahre?", fragte Britt weiter. „Und so lange hat der die Pension seiner Mutter eingesteckt!? Da hat er ja genug Geld für sein kleines Hobby gehabt!", witzelte sie. – „Eichhörnchen und Vögel hat der plastiniert. In seinem Zimmer haben wir auch einen Plastik-Hund gefunden mit offenem Mäulchen, hechelnder Zunge und treu-doofem Blick!" Britt konnte sich ein Lachen nicht verkneifen, Carola schnitt eine Kartoffel-Krokette durch und schob sie sich in die Backe. Sie warf einen Blick auf Britts halb volles Trinkglas. „Britt, Du musst jetzt kein Wasser trinken. Du kannst heute Nacht auch bei uns in der *Pension Veronika* übernachten. Wir bestellen uns ein Taxi oder Heinz nimmt uns mit zurück." Sie wandte sich nach rechts. „Gell, Herr Polizeidirektor, Du hast doch Dienst heute Abend." Diese Ansprache nutzte der Polizeichef, stand auf und klingelte an sein leer getrunkenes Sektglas. „Meine Damen und Herren", begann er in die entstandene Stille hinein. „Ich weiß nicht, wie ich es sagen soll, aber es war mir eine Ehre, der Sonderkommission eine angenehme Heimstatt zu bieten. Ich bin erfreut darüber, dass Sie den Fall so schnell und auf so originelle Art und Weise zu lösen vermochten. Ich gehe davon aus, dass in Mühlhausen nun wieder Ruhe einkehrt. Am Ruf der *Mordstadt* werden wir aber sicherlich noch eine Weile zu knabbern haben. Den Fall des Mühlhäuser Schlitzers werden wir noch genau zu analysieren haben, damit wir in Zukunft vor einem solchen Serienmörder gewappnet sind. An uns Mühlhäuser Polizisten soll es nicht liegen. Wir haben einen guten Job gemacht." Die Festgemeinde stimmte ihm mit lautem Applaus zu, der Inspektionsleiter setzte sich wieder. „Liebe Carola", beide waren durch die enge Zusammenarbeit beim „Du" angelangt, „natürlich fahre ich Euch heute Abend noch bis nach Görmar, das ist doch Ehrensache. Ihr habt in den kommenden Tagen noch genug zu tun." – „Ja, Heinz, die Nachbearbeitung des Falls wird uns noch eine Weile beschäftigen. Ich bin auch schon auf einen Vortrag in die Polizeischule nach Meiningen geladen worden. Dort ist man an unseren ganz speziellen Methoden und Erfahrungen hier besonders interessiert. Was diesen braunen Sumpf anbetrifft, bin ich froh, dass Hauptkommissar Schmiedeknecht damit seinen eigenen Fall eröffnet hat." Sie blickte zu ihrem arg gebeutelten treuesten Mitarbeiter hinüber und prostete ihm noch mal zu. „Ich weiß nur nicht, ob ich ihn nach seiner Beförderung in meinem Team halten kann. Die Abteilung zur *Abwehr politisch motivierter Straftaten* hat an ihm ja schon Interesse angemeldet." – „Ich denke, Carola, da wird auch seine Freundin ein Wort mitzureden haben." – „Hast ja Recht, so bodenständig, wie die ist? Die wartet auch nicht mehr lange auf eine Entscheidung. Aber weiß man's, vielleicht zieht's den alten Mühlhäuser auch wieder in seine Heimat zurück. Nachdem der nun wieder drei Wochen lang die Luft seiner Kindheit und Jugend eingeatmet hat!?" – „Nur keine schlafenden Hunde wecken, Carola! So einen fleißigen Kollegen findest Du so bald nicht wieder!" Die beiden Kollegen lächelten einander süffisant an und nahmen sich dann einen Löffel der Mousse au Chocolat, die von der aufmerksamen Bedienung mittlerweile aufgetragen worden war. Carola Henning schloss die Augen und genoss den Moment. Es schien wieder einmal alle Last von ihr abgefallen zu sein.

Und nach einem guten Buch mal wieder ins Theater?
Theater und mehr in der Mühlhäuser 3K-Kilianikirche

Ein breites Kulturangebot für die Region, die Vermittlung von Kuns
sowie das Schaffen einer Plattform für Kommunikation, dafür stehen di
drei Ks des Vereins, der sein Zuhause in der Kilianikirche gefunden ha
Im Mittelpunkt steht die Theaterwerkstatt mit einem breiten Angebo
an Inszenierungen für alle Generationen. Ergänzt werden die eigene
Vorstellungen durch Gastspiele, Kinderspielaktionen, Workshops un
Lehrgänge sowie Performances oder musikalische Angebote. Gäste sin
im einmaligen Ambiente unserer Kilianikirche sowie in unserem Café
welches zu den Veranstaltungen geöffnet ist, herzlich willkommen.

KUNST KULTUR KOMMUNIKATION

unseren aktuellen Spielplan erfahren Sie:

3K-Kunst, Kultur, Kommunikation e. V.
Unter der Linde 7, 99974 Mühlhausen
Tel.: 03601—440937
Internet: www.3k-theaterwerkstatt.de
E-Mail: post@3k-theaterwerkstatt.de

Michael Fiegle

Die Tote im Mühlhäuser Stadtwald

und andere Hainich - Krimis